GOBOOKS
& SITAK
GROUP©

三日月書版

三日月書版

我準是在地獄

2

YY的劣

illust / mi

私はきっと地獄にいます

IT MUST BE HELL

三日月書版

輕世代 BL028

我準是在地獄

IT MUST BE HELL

CONTENTS

IT MUST BE H

私はきっと地獄にいます

CHARACTERS FILE

私はきっと地獄にいます

寧蕭

人物介紹

皮膚白皙，娃娃臉。

二流偵探小說家，嗜吃如命，大部分時間很冷靜也很懶散，遇到案件時會變得偏執，不服輸。身手不錯，智商很高，有被自己壓抑住的反社會人格。

IT MUST BE HELL

CHARACTERS FILE

徐尚羽

人物介紹

高大俊朗，幽默風趣。
身為刑警隊長，常常讓人搞不懂在想甚麼，但處理案件時總有種信手拈來的自信，十分受到下屬信賴。堅持凶手應被法律制裁，在寧蕭衝動時提醒他冷靜。

IT MUST BE HELL

第十八章

晚宴開始

I T M U S T B E H E L L

現在，寧蕭正雙拳緊握、兩眉輕蹙，神色嚴肅地坐在馬桶上。

不要誤會，他不是在上廁所，只是在思考非常重要的問題。

說起來，這算是寧蕭從小養成的一個習慣。小時候他住的舊社區裡，每戶的廁所空間都非常小，雖然平時用起來很不方便，但是每當想獨處時，這種狹窄的空間就會給人一股安全感。

那時的自己，老是喜歡躲進廁所想些事情，比如說——人為什麼沒有尾巴卻有尾椎？雞為什麼有翅膀卻不會飛？為什麼每次追問爸媽究竟是怎麼生他的，最後都被臭罵一頓？為什麼大人總是自以為聰明地敷衍小孩，難道他們以為這樣就可以逃避回答了嗎？他們怎麼那麼笨？

在上幼稚園之前，他大部分時間都待在家中廁所裡。自家爸媽根本不擔心他亂跑，只擔心他會不會有自閉症。

這樣的情況，在他上學後逐漸好轉了。原因是，學校裡混雜著各種體味的廁所，在他心中留下了很大的陰影。

之後，他就減少了在廁所思考人生的時間。不過直到現在，他還是偶爾會不經意地做出這個行為——尤其是遇到難以解決的問題時。

像今天，他已經在馬桶上坐了半個小時。在把困擾自己的問題想清楚之前，他別想離開馬桶了。

究竟在什麼情況下，現實世界會出現與小說裡一模一樣的情況？是巧合的機率有多大？

苦思許久後，就在答案呼之欲出、他即將脫離馬桶時——手機的震動聲打斷了他的思緒。

寧蕭解鎖了螢幕，發現是編輯墨水回覆了他之前問的事。

「我把你早期出版的書看了一遍，沒有一本寫過自殺事件。不過三年前你在網路上連載時，曾寫過最後推定死者是自殺的一篇短文。只是你出版後就換了筆名，應該沒人猜得到那個ＩＤ會是你。」

「那個網站還放著那篇小說嗎？」寧蕭打字問。

「還放著啊，不過點閱率不高。而且那篇的文筆跟現在差這麼多，我覺得不會有人發現那是你啦！」墨水以為寧蕭擔心自己的黑歷史曝光，便好意安慰道。

話雖如此，寧蕭卻知道，如果自己的猜測是真的，那麼不僅有人發現了這兩個筆名是同一人，而且對方還根據這些作品進行了毛骨悚然的計畫。

比謀殺更恐怖的，是輕而易舉地操縱別人的生命。

隨著墨水的告知，他苦思的問題也有了答案——

現實世界出現與小說一模一樣的情況，巧合的機率為零。

「墨水，能不能幫我聯絡一下網站，請他們提供最近有哪些ＩＰ看了那篇文章？」字太多了寧蕭懶得打，索性直接打給墨水。

「這個……有點難，基本上只有留過言的人才能追查到ＩＰ，而且一些留言時間比較久遠的讀者，也不知道ＩＰ位置有沒有變。最重要的是，ＩＰ也不是人家隨隨便便就會提供的東西……」

看來這條線索算是斷了一半。不過寧蕭沒有放棄，他用手機開了那個網站，登入那個好久沒用的帳號，在那篇文章底下仔細地看著每則留言。

大多都是讀者的支持和鼓勵，偶爾也有人批評，還有別的作者來這裡打廣告。重點是他從第一頁翻到最後一頁，都沒發現任何可疑的留言。

難道線索到這裡就要斷了？

寧蕭不願就此放棄，他想了想，點了編輯文章，重打了文案。

用加粗的紅色字體，寧蕭在這本書的文案上加了一句話。

紅心女王遺漏了她的白手套，愛麗絲撿到了它。

完成編輯，寧蕭便登出了，打算一天後再來看看有無收穫，現在只要守株待兔就好。至於留下一個謎語式的暗號究竟有沒有用，他覺得有。畢竟如果對方不是一個好奇心強且好勝心更強的傢伙，就不會刻意製造這兩起案件來引起他的注意了。

他初步推斷，這兩起他參與的案件中，都有一個在背後操縱事情走向的神祕人。

甚至，他連嫌疑犯是誰都有了預想——

赫野，那個偽裝成律師接近自己的傢伙，離開時曾說過「期待再見」。

寧蕭擔心，這恐怕不僅僅是意味著重逢，還意味著更多的案件、更多的死亡。

寧蕭起身走到窗戶前。每當心情低落時，他總會望向外面的街道，總覺得看著街道上熙熙攘攘的人潮，心情也會變得平靜一些。

這次，卻是例外。

他發現了一個熟悉的身影，那道人影一閃而過，快得像是錯覺。他立刻湊上窗前想看得更清楚，然而人影卻沒再出現過。

寧蕭拿起手機，迅速地按下一串號碼。嘟嚕嚕聲響了許久，好不容易對方接起，他正要說話，就聽見那頭急促的喘息聲，間接穿插著男人的呻吟。

「喂？」電話那頭的人喘了兩聲。

「……」寧蕭的腦子停頓了幾秒，直到那頭的人一再地催促。

「寧蕭，說話。」說這幾句話時，徐尚羽還在微微喘氣。

「不好意思打擾你了再見。」寧蕭一口氣說完就要掛電話。

「等等，掛什麼電話！你肯定是有事才會聯繫我。」徐尚羽抓著電話，死死壓住身下的人。「直接說吧！」

寧蕭疑惑又困擾的聲音從話筒裡傳來。

「你現在不……忙？」

「不！忙！」看著被壓制在身下仍劇烈掙扎的壯漢，徐尚羽獰笑一聲，扣住他手腕，往反方向猛地一折。

「啊啊啊啊啊！」

淒厲的喊聲傳遍街道。

這時，一位跑得氣喘吁吁的女子追了上來，連連朝徐尚羽鞠躬。

「太、太謝謝你了，警察先生。」

「不會。只是要麻煩妳跟著我們回警局一趟，需要做個筆錄。」徐尚羽對著她搖了搖頭，俐落地掏出手銬銬住身下的小偷。在這期間，他把手機用肩膀和耳朵夾著，兩隻手扣住對方。

女子點點頭，乖乖在旁邊站著等。

「好了，我這邊的事情解決了。你想說什麼事？」

聽了剛剛的對話，寧蕭大致猜出了前因後果，他先是為自己的腦補內容默哀三秒，才道：「你們怎麼把張明放出來了？我剛才看到他人在街上。」

「張明？」徐尚羽聞言皺眉，「今天局裡派人把他移交給看守所，你怎麼會……」說到這裡，他頓時一愣，臉色變得很不好看。「你等一下，我打個電話。」

他從警服的口袋裡掏出另一支手機，按下內部聯絡用號碼。

「喂，阿飛，今天是誰負責押送張明的？你去問一下。」

「隊長，怎麼了？有急事？」

「對，你快點聯繫一下負責押送的人。」

被銬住的小偷見徐尚羽似乎無暇分心，便起了偷跑的心思。他悄悄地移動右腳，想趁機開溜。

「聯繫不上？」徐尚羽的聲音嚴肅起來，「看守所那邊呢？」

小偷右腳已經移動了一半，眼看就要成功。仍在一旁準備跟著回警局做筆錄的女子發現了小偷的舉動，捂著嘴正要驚呼。

「唔啊！」

砰！

還沒開跑的小偷被徐尚羽踹翻在地，下半身和地面來了一場親密交流，痛得他在地上打滾。徐尚羽一腳踩在小偷背上，笑看著他，眼神卻帶著冷意。

「你想要去哪？」徐尚羽抬了抬腳，微笑道：「要不要我送你一程？」

小偷一聽連忙搖了搖頭，他可不想就地往生。

徐尚羽這才收回瞪向小偷的目光，專心等待陸飛的回覆。可是這一次，陸飛帶來了更糟的消息。

一分鐘後，寧蕭也從徐尚羽的轉述中得知了消息。

張明被劫走了！對方手持武器，打傷了三名押送的員警，大搖大擺地帶著嫌犯逃脫了。黎明市史上首次持槍劫囚，發生在今早的通勤尖峰時段，震驚了所有市民。

然而，事件並未結束。

三天後，有人在黎明市郊的山區中發現一具男屍，驗屍後發現正是逃犯張明，死亡時間為遭劫後兩小時左右。

這一齣劫持後撕票的戲碼，被媒體連續播報了整整一週，鬧得人人皆知。

其他人都不知道的是，劫持事件的隔天晚上，寧蕭在自己的短篇文章下，看到了一則新留言。

簡單的匿名留言，只有一句話。

「女王的晚宴開始了。」

第十九章

夜鶯與玫瑰（一）

I T　M U S T　B E　H E L L

「愛果然是非常奇妙的東西……哲理雖智，愛卻比她更慧；權利雖雄，愛卻比她更偉。焰光的色彩是愛的雙翅，烈火的顏色是愛的軀幹，她的唇甜如蜜，她的氣息香如乳。」

——奧斯卡・王爾德《夜鶯與玫瑰》

室內一片昏暗，只有投影布幕上顯示著斷訊畫面，在對面的牆壁上映出大小不一的光點。

不知何處傳來的潺潺水聲，一滴、一滴……像是老舊水管在漏水，滴答答響。但是仔細聽，又不太像了。那道聲響帶著些黏稠厚重的感覺，砸落在地時發出的不是清脆聲響，反而顯得低沉。

一聲又一聲，不斷在耳邊重複。

男人猛地睜眼，一陣強烈的暈眩感襲來，他只能先望著紅色的天花板，待暈眩退去，才扶著沙發起身。

周圍一片混亂，男男女女都醉倒在沙發上，有的光裸地交纏在一起，有的獨自臥倒在旁邊，食物殘渣、酒水撒了滿地都是，混合著縱欲的味道，空氣裡隱隱有股鹹腥味。

滴答、滴答、滴。

水聲依舊，吵得他煩躁不已。

他邁著蹣跚的步伐，想去尋找水聲來源。跨過一地爛醉的人後，他終於在厚重的地毯中央看見了一個背對著他躺著的女人。

女人身邊有一瓶倒著的破紅酒瓶，水聲也許就是這瓶子發出來的。他伸出腳，輕輕踢了一下她。

「喂，醒醒。」

女人被輕碰了一下，沒有反應。

這下男人不耐煩了，彎下身去將這女人翻轉過來，對著她道：

「我說妳——！」

剩下的話卡在了喉頭裡。男人驚恐地看著女人。

一分鐘後，包廂裡的人們被一陣淒厲的呼號聲驚醒。

夜，不再平靜。

寧蕭不喜歡猶豫，但現在他站在警局門口，卻遲遲無法下定決心進去。前兩次的經歷，讓他對光顧警局沒什麼好印象。話說，有誰喜歡沒事就去警局呢？

不過這次的事情，除了這裡，他想不到還有哪裡能解決了。只是他也擔心，萬一自己說了之後，被那些警察認為是信口雌黃，該怎麼辦？

左轉轉，右轉轉……寧蕭忙著邊走邊想事情，絲毫沒注意到頭頂的監視器已經盯著他好久了。

監視器似乎是鎖定了寧蕭，隨著他的走動而微微擺動，看樣子就快要有警察出來關切了。

「好巧啊，竟然在這裡遇到。吃飯了嗎？」

聽到聲音，寧蕭抬頭一看，只見徐尚羽正從小路走來，手裡還拿著一個蔥抓餅。

寧蕭摸了摸肚子，好像是有點餓了，早上出門後應該先去吃個早餐的。

徐尚羽見他手捂著肚子，便大方地將手中的餅遞過去。「來的路上買了當點心的，還沒吃，給你吧。」

「不用……」寧蕭正打算拒絕。

「第九大街徐記的蔥抓餅，現點現做，我還多加了燒肉。」徐尚羽笑咪咪地道：「聞聞看，香嗎？」

咕嚕——

肚子不聽話地叫了起來，寧蕭看著眼前的蔥抓餅，實在狠不下心拒絕。他雙手接過道：「欠你一次，下回請你吃劉福氏的肉包。」

徐尚羽笑而不語，看來自己算是摸清了寧蕭的口味，絕對的肉食動物，就愛吃肉。

「啊，不對。」寧蕭正準備咬一口，像是想到什麼似地停下了動作。

「今天是上班日，為什麼你會穿著便服外出？」

見徐尚羽一副風塵僕僕的模樣，他不由揣測道：「是……張明的案子有了新進展？」

徐尚羽搖搖頭，笑道：「不，是去處理一些私事。而且就算案子有了進展，也不能對普通市民說，我們有偵查不公開的規定。」

「偵查不公開。」寧蕭有些不爽地重複這幾個字，狠狠咬下一口肉。心裡嘀咕著，要是沒有我，你的屍體都不知道漂到哪個海域了，不公開，哼。

要是自己認真起來，還怕徐尚羽不告訴他內部消息？比如說美人計之類的……等等，怎麼會有這種想法，刪除！

徐尚羽看著寧蕭一邊吃餅一邊猛搖頭，有些好笑道：「倒是你一天到晚神祕兮兮的，今天來找我什麼事？」

寧蕭回過神來，吞下一口肉後，鄭重地道：「我是來報案的。」

五分鐘後，兩人進了刑警大隊的辦公室。寧蕭坐在靠牆壁的椅子上，徐尚羽則另搬了一張椅子坐。

「請說。」

徐尚羽道：「凶手是誰？」

「……你怎麼不問我報案內容，就直接問凶手？」

「像你們這樣的人物，到警局時肯定已經查出真凶，計謀也都看穿了，我們警察只要坐在一邊聽你們講完精彩的推理，就可以直接出門抓人了。」

徐尚羽還有模有樣地倒了一杯茶端在手裡，做出洗耳恭聽的模樣。

「我們這樣的人物？」

徐尚羽點頭道：「對啊，就是福爾摩斯、杜賓、狄仁傑、柯南……孫悟空之類的。」

最後一個亂入的是什麼鬼？寧蕭心想。前面幾位都是著名作品中的優秀神探，徐尚羽拿這樣的人物來和自己相比，說實話是有些恭維了。

但看對方的神色，似乎不是在開玩笑。

「很遺憾讓你失望了。不，應該說我知道幕後的策劃者是誰，但如果是指案件中的凶手，沒有確鑿的證據和線索，我猜不到。」

「光是知道幕後者就很驚人了。」徐尚羽微愣，「一般電影裡，主角與惡勢力展開鬥爭前都會這麼說。」

寧蕭點了點頭道：「的確，那一定是個很大的犯罪組織。如果我說，之前有我參與的兩個案子都與這個組織有關，你怎麼看？」

徐尚羽收起玩笑的神色。

「你確定？」

「近期之內，絕對會再發生一起不尋常的凶殺案。」寧蕭道：「到時你就會知道，我說的是不是真的。」

徐尚羽神情肅穆，聲音也比以往冷了幾分。

「你說的幕後策劃者，指的是誰？」

「一個瘋狂的變態。」

接著，寧蕭便將事情的前因後果全說了出來。幸好，他並沒有在徐尚羽臉上看到輕蔑的表情，這讓他大鬆了一口氣。

「我手邊的確沒有證據，只能憑藉一些線索進行推理。我想任何人都不會輕易相信這種荒謬的事，但我肯定遲早會有新案件。」

「未來會有更多的人死亡、更多的人犧牲，即使不是他親自動手，也是他特地安排給我的戰書。」寧蕭道：「我希望你能相信我，阻止這一切。」

徐尚羽沉默許久後，才再次出聲，語氣堅毅。

「三天。」

寧蕭一愣，「什麼？」

「我提出聘用你做特別顧問的申請，並將近一個月的所有案件資料整理給你，你要在三天內看完，把所有可疑案件都篩選出來。」

寧蕭聽得嘴巴微張，徐尚羽的反應和自己的預料有著天壤之別。

「每多一秒，世上就可能多一個無辜的人死去。」徐尚羽看著他，沉聲道：「我賭不起。寧蕭，我只能相信你的判斷。」

直到這時，寧蕭才察覺到，徐尚羽真的是一名警察。自己從他的話裡，聽出了一種破釜沉舟的心情。

那是他背負在身上，作為警察的使命與責任。

第二十章

夜鶯與玫瑰（二）

IT MUST BE HELL

徐尚羽的辦事速度有多快，寧蕭總算切身體會到了。

兩人談完的隔天，寧蕭就收到了特別顧問的聘請函，相伴而來的，還有一大堆案件資料。

徐尚羽已經率先整理過案件了，將寧蕭捲入的第一個案件發生起至今一個月內的刑案都挑了出來，列成一個表格給寧蕭。

「這些資料你只能在這裡看。」他邊將資料遞給寧蕭邊道：「你可以每天到我辦公室來看，但是絕不能帶出警局。」

寧蕭點點頭，大略翻了下眼前的資料後，便放到一邊，直接拿起徐尚羽整理出來的表格看。

別看黎明市只是個小城市，每月發生的意外死亡案件並不少。光是這一個月來，就足足有十五起凶殺案。

「對了，反正資料隨時都可以看，我能不能先去看看張明？」寧蕭突然放下案卷，站起身來。「他的屍體應該還在你們手裡吧？」

徐尚羽點了點頭，道：「來吧，我帶你去。」

兩人在前往鑑識中心的路上，又遇上了另一批人。寧蕭一看對方直接朝著徐尚羽走來，就知道沒自己的事，悄悄後退半步。

「這不是徐隊長嗎，身體養好了？怎麼不在家裡多休息幾天，好好壓壓驚啊。」

說話的是一名三十多歲的警察，寧蕭不懂警隊系統內部的位階高低，不過看這人身後跟了一群人，就知道他的地位應該跟徐尚羽差不多，甚至更高。

「謝謝關心，我已經好多了。」徐尚羽露出微笑，和對方握了一下手，彷彿沒聽出話裡的嘲諷。「畢竟我還年輕，身體很結實，就不勞您費心了。」

男子表情一僵，那笑容就有些不自然。「年輕人有衝勁是好事。」他拍了拍徐尚羽的肩膀，「有時候別太顧著蠻幹，要小心……自己的身體啊。」

說這句話時，眼神還從寧蕭身上一掃而過。

寧蕭皺了皺眉，有種被盯上的不適感。還沒等他有什麼反應，對方就已經帶著一批人匆匆離去，看起來很是囂張。

「他是你的上司？」寧蕭好奇地問。

徐尚羽回過身說：「他職位的確比我高，但不是我的直系主管。」

「像那樣地位的人，還需要去前線辦案？」寧蕭不解。

「想要繼續向上爬，總需要一些實績。」徐尚羽說著，愉快地朝他眨了眨眼。「所以為了照顧老人家，我們會把一些『重要』案件交給他。」

「重要？」

「嗯，就好比是湯麵裡的香菜那樣重要。」

寧蕭懂了，就是看著重要，實則沒有也無所謂。不過讓這樣的人當警察單位的高官，也不知道對市民算好還是不好？

算了，反正自己也改變不了什麼，別想了。

兩人繼續往鑑識中心前進。

「到了。」到達冷凍庫門口，徐尚羽伸手推開房門。「你來的正好，他剛好也在。」

「他？」寧蕭疑惑。

「好巧，我們又見面了，寧大神探。」

還沒進屋，就聽見裡面傳出一道熟悉的嗓音。

寧蕭邁腳進門，抬頭一看。那一身白袍、滿身血跡的傢伙，除了季語秋還能是誰？

他們進屋時，季語秋似乎剛結束一場解剖，他正在把手上的器具放進清洗池裡，順便換了一副醫用手套。

做好這些，他走到冰櫃前。

「我就知道你們會來看他。出來吧，有人來探望你了，老伙計。」他對著冰櫃溫柔低語，模樣令人發寒。

一個冰櫃被拉開，裡面躺著的正是不久前還和寧蕭面對面說話的張明。

張明渾身青紫，不只是屍體在野外暴露久了還是別的緣故，看起來似乎快要腐爛了。臉上甚至有被撕咬過的痕跡，瞳孔大睜，眼球幾乎要掉出眼眶。

寧蕭有些不忍地閉了閉眼。再次睜眼時，他斂起情緒，認真觀察著屍體。

「一槍斃命，十分精準。」季語秋對著屍體的傷口比劃道：「看來對方救他出去時，就沒想過要留他活口。」

救？寧蕭冷笑，那幫人真的是想救人嗎？

「不是救人，而是滅口。」

寧蕭一愣，幾乎以為這句話是自己說的。他側頭一看，只見徐尚羽站在自己左邊，看著張明的屍體，神情難辨。

「張明並不是自願被帶走的。如果進了監獄，他至少還能祈禱不被判死刑，幾十年後還可以與孩子重聚。但如果從此亡命天涯，不僅孩子要背負沉重的罵名，他這輩子也別想再光明正大地見兒子一面。」徐尚羽道：「張明是殺人凶手，但同時也是一位父親，他不會做這種選擇。」

不知為什麼，寧蕭能感覺到徐尚羽的話裡帶了很多情感在裡面，但是看他的表情，卻比以往更冷。

徐尚羽改問道：「老季，對方有沒有留下什麼線索？」

「很遺憾，對方處理得很乾淨，一點線索都沒留。」

徐尚羽聞言，沒有多說什麼，只是上前一步，輕輕地替張明闔上了眼，而後轉身走了出去。

「為什麼我覺得他好像很不開心？」寧蕭突然問。

季語秋沒有正面回答，而是道：「你知道徐尚羽為什麼會做刑警嗎？」

寧蕭用眼神表達無聲地詢問。

「因為他是個瘋子。」

寧蕭皺眉表示不解。

「他的正義感高得離譜，簡直是強迫症了。他覺得無論是什麼人，只要出現在自己視線範圍裡，他都有保護他們生命安全的使命與義務。」

「他一定是認為，即使張明要死，也必須是死於法律的制裁下，而不是莫名其妙地死在其他罪犯的手裡。」季語秋嘆氣。「他是在生自己的氣。他太苛求自己了，這樣他遲早會把自己逼瘋。」

寧蕭默默地聽著，隨後也走上前，看著安靜地閉著眼的張明。他的表情看起來沒那麼猙獰了，像是睡著一樣。他也是個可憐人，被赫野當成工具利用，最後下場也不過如此。

「我來與你告別，張明。順便，告訴你上回來不及糾正的事。」寧蕭手放在心口，輕聲道：「我不是寧警官，我只是個普通人。」

張明被劫走後，為什麼特地來看了自己一眼？他臨死之前，究竟還想告訴自己什麼？

這一切，隨著張明的死，寧蕭明白，再也不會有答案了。

張明的遺體幾天後就會火化，他的親人不願意接收他的骨灰，大概最後只會落得與其他無主骨灰放在一起的結局。

寧蕭探問了張瑋瑋的消息，得到的回答是，他換了一個監護人，目前已經搬進新家了，新的監護人應該可以給他更好的照顧。

離開冷凍庫時，寧蕭看見徐尚羽正靠在走廊的牆邊，嘴裡叼著一根煙。他望著外面的大街，不知在想些什麼。

「你……」

寧蕭走上前剛要開口，徐尚羽的手機突然響起，只見他接起來說了幾句後，神色瞬間變得嚴肅起來。

「怎麼了？」寧蕭問。

「案子。」徐尚羽熄滅了煙，露出嘲諷的笑。「我們的老大爺遇上麻煩了。小香菜變成了大虎鯊，他吞不下。」

市內一家高檔會館，一周內連續發生兩起意外死亡，死者是兩名女公關。

離奇的是，在第二件命案發生前，第一名死者的屍體突然不見了。接著沒過多久，就發生了第二樁命案，而且死亡時間正好是一周後的同一時刻——也就是第一個死者的頭七。

據目擊者表示，現場滿地鮮血。

紅色黏稠的液體浸透厚厚的絨毯，那洗不去的深色血跡，像是來自黃泉的惡鬼親手寫下的索命符。

第二十一章

夜鶯與玫瑰（三）

I T M U S T B E H E L L

她走過鋪著絨布地毯的走道，扶著扶手，看著樓下的笙歌豔舞。

男人和女人，歡笑與放縱，醺然與奢靡，恍若此處就是天堂。如果這是天堂，那麼金錢就是上帝，欲望則成了最美的天使。誰擁有錢權，誰就可以為所欲為，成為天堂之主。

女人冷冷地看著臺下的一幕幕，不斷沉迷於交合中的人類看起來如同發情的牲畜。她微微轉動纖長的脖頸，看向大廳的另一側。

那裡同樣是沉浸在歡縱中的世界，卻有些微不同。

正在沙發區陪客人喝酒的長髮女子似乎注意到了來自二樓的視線，她輕輕轉過身，抬頭，與二樓的女人對上了眼。

兩人相視，長髮女子露出一個淺淺的笑容，並高舉手中的杯子，對著二樓女人一敬後，一飲而盡。

那雙瀲灩的眸，如掩藏在迷霧下的澄澈湖水，跨越了一片時空看向高樓上的同伴，無聲道：

「為欲望之奴乾杯。」

站在二樓的女人微笑，用手指輕點紅唇，向樓下的伙伴傳遞密語。

乾杯。

為他們，也為我們。

在那時，彼此的交流與默契，是她在這片煉獄中的唯一慰藉。

在這充斥著欲望的世界裡，她悄悄藏起一朵紅玫瑰。

寧蕭與徐尚羽趕到現場時，遠遠就看到會館外圍了一群人，不少來湊熱鬧的民眾，紛紛踮著腳尖看向裡面，指指點點。

「等我一下。」徐尚羽見狀，兩三下解開警服的釦子，脫下衣服塞到寧蕭手裡。「你先進去，我在外面逛一圈再進去。」

「……」寧蕭看著手中的警服，想了想也沒說什麼。

兩人下車後，寧蕭直直朝會館走去。大概是因為他手裡拿著警服，又是從警車下來的，那些看守的警察們什麼都沒問就讓了路。

進去前，寧蕭還回頭看了一下，不見徐尚羽的身影，看來他順利地混進了人群中。

誰知道他又想做什麼。

他做他的，自己做自己的。寧蕭轉回頭，直接進了會館。

一進門，寧蕭就被大廳中央的一座巨大美人魚雕像吸引了目光。半裸的石雕美人手捧著珍珠立在噴泉中央，魚尾微微翹起，形成完美的弧度。

泉水自她口中流洩而出，順著赤裸的曲線而下，令人有種想一親芳澤的衝動。

再看噴泉之上，華麗的歐式吊燈垂著一條條閃著銀光的細小垂簾，偶爾輕輕搖晃，帶動著上面透明色的珠子發出脆響。

寧蕭突然有種進了皇家宮殿的錯覺。

這家會館的等級，由此可見一斑。這種高級的私人會館連續出了兩樁命案，為什麼之前都沒有傳出消息？是被忽視了，還是有人故意壓下？

寧蕭邊想邊往前走。不多久，便進入了另一間大廳。

偌大的空間中除了中央的舞池空著，其餘都被隔成一個個半封閉的座位區。左側有條樓梯直通二樓，寧蕭見一樓沒幾個人影，不假思索地就上了樓。

二樓則是一條長長的走廊，三公尺寬的走道兩側則是一間間裝潢豪華的包廂。而現在，其中一間門口站了好多人。

寧蕭走上前，竟然也沒有人注意他的到來。

「這只是意外，劉警官。讓您白跑這一趟，真是太抱歉了。」

寧蕭剛到門口，就看見屋內一個西裝革履的男人正遞煙給另一個人。

「不不，這是我們的職責。」說話的警察推過煙，「陳總不要太在意，只要查明是意外，就不會影響你們生意的。」

「是是，您說的沒錯。」

寧蕭看向那個被喊作劉警官的人，不正是中午在警局與徐尚羽槓上的人嗎？看會館的態度，他可能真的是逼近局長等級的高官。

不過收到報案的時候，說的是連環凶殺案，怎麼這兩人要當成意外處理？

「我能問一下嗎？」寧蕭忍不住出聲，「判斷這件案子為意外的依據是什麼？」

他一開口，整個包廂裡的人都看向他。

先前出聲的陳總微微皺眉，看向劉警官道：「警官，這位是……」

劉立乾一看見寧蕭，臉色就不怎麼好。「這是我們徐警官手下的特別顧問，破過一兩件案子，可是位神人啊。」

寧蕭把他的嘲諷當耳邊風，直接推開周圍的人，走到包廂正中間。

「我可以看一看死者嗎？」

沒有人阻止，他就當是默認了。

面前的是一個背對眾人躺著的女人，不，應該說是一具冰冷的屍體。她躺在柔軟的絨毯上，僵硬的軀幹蜷縮在一起。白線在周圍劃出一道人型，但還是有鮮血漫過白線，將之染紅。

可以看出，這是一個生前頗有姿色的女人。然而她的美麗並沒有讓她在死後獲得更多照顧。現在她倒在血泊中，身旁的活人們卻自故自地談論著如何善後，多麼諷刺的畫面。

劉立乾還在和會館的總經理虛與委蛇，兩人都忽視了寧蕭，相互客套謙讓著，不像警察與報案人，倒像兩個商人。

「劉警官，你們剛才說要將這場死亡定為意外事件。」

就在此時，一道不和諧的聲音打斷了他們心知肚明的交流。

劉立乾不快地回過頭。「是，有什麼問題？」

寧蕭微笑，「我只想問一下原因。」

「這還不明擺著嗎？」劉立乾道：「首先，她一無身分，二無錢財，謀殺這樣一個女人有什麼好處？再來，證人們也都說了，當晚在場所有人都喝醉了，隔天早上醒來就發現她的屍體。這肯定是她自殺，不然就是醉到跌倒，不小心被酒瓶割破喉嚨，還有什麼別的可能？」

「還有一種可能。」寧蕭抬頭道：「警官，難道你沒發現嗎？」

「什麼？」

「殺死死者的凶器，不見了。」寧蕭抱起身下的女人，抬起她的脖子。割開的喉管暴露在眾人眼前，傷口之深，幾乎可見白骨。其他人忍不住退了幾步，不敢直視。

寧蕭右手在傷口上方凌空比劃，「這麼深的傷口，這麼平整的切線，靠酒瓶碎片根本不可能辦到。這樣的傷口，只有匕首才割得出來。」

他放下女人，抬頭看向劉警官。

「我想知道的是，誰拿走了那把匕首？」

所有人面面相覷後，齊齊搖頭。

寧蕭微笑，「是的，所以問題來了。匕首不見了，一個不明身分的人拿走它並藏了起來。你認為會是誰呢，警官？」

他的笑容雖然淺，卻帶有逼迫的力度。

劉立乾背後隱有冷汗冒出，但還是試圖狡辯道：「這……」

「這顯然不正常。」

又一個聲音打破沉寂，徐尚羽出現在門口。他的視線與寧蕭相對，隨即轉開。

「在警方進入現場前，凶器就不見了，是不是會館的人拿走了？」

「當然不是！」陳總連忙解釋，「我們一直維持著現場原樣，完全沒動過，還安排了十個員工輪流看著，他們都可以作證！」

徐尚羽點了點頭，對他道：「感謝您的證言，這下事實就清楚了。」

他又看向劉立乾，「我個人的看法是，拿走凶器的人應該是凶手。既然有凶手，就是一樁謀殺案，您有別的看法嗎？」

劉立乾臉色難看，看了徐尚羽半晌，隨後甩手離開，一句話都沒說。

陳總的表情也不怎麼愉快，但還是勉強露出了笑容。「徐警官還需要其他配合嗎？」

這聲徐警官，可沒有剛才那聲劉警官喊得響亮。

「謝謝，不用。我的隊員們等一下就會來，這裡交給我們就好。」

在閒雜人等都離開後，徐尚羽才一步步走到寧蕭面前。他看著寧蕭，笑道：「匕首真的不見了？」

「沒有。」

寧蕭拿出懷裡的一塊布，打開，裡面放著一把小匕首。「不這麼說，他們怎麼肯乖乖聽話？」

這是他剛才趁那兩人只顧說話時偷偷藏起來的。

「不覺得奇怪嗎？」寧蕭道：「我找到它的時候，它被壓在死者身下，就在這裡。」

他輕輕翻轉女屍，指著她內衣的口袋。

「你不覺得，看起來就像是被她自己藏起來的嗎？」

包廂內光線昏暗，隨著寧蕭說完這句話，走道內一陣風吹過，帶來一股寒意。

寧蕭的聲音也再度傳出。

「你說，她為什麼要這麼做？」

第二十二章

夜鶯與玫瑰（四）

IT MUST BE HELL

啪。

風打落一朵即將枯萎的花朵，正好掉在地上。

寧蕭撿起來一看，「這個季節也有薔薇？」

「這是四季薔薇，每年會開花三四次。」徐尚羽瞥了一眼，道：「現在正是夏初的花期。」

寧蕭感到詫異，「你連這都知道？」

一個男人竟然會知道花花草草的知識，實在令他難以置信。

「以前看書時研究過一下。」徐尚羽又道：「不過就算是四季薔薇，也幾乎沒有在冬天開花的，你知道為什麼嗎？」

寧蕭誠實地搖了搖頭。「不知道。」

「因為——」

徐尚羽做出一副要認真講述的模樣，寧蕭見狀，也洗耳恭聽。誰知，接下來乍響的一聲詠嘆調，差點害他的耳朵聾掉！

「看！嚴冬已冰凍我的血脈，寒霜已齧傷我的萌芽，暴風已打斷我的枝幹，如此寒冷的季節，令我不能再盛開。」徐尚羽張開雙手，做出擁抱藍天的樣子。「多麼冷酷的冬日，薔薇怎麼能綻放！」

寧蕭差點直接翻白眼。

詠唱完畢的詩人得意地回頭，見對方見鬼一樣的表情，無奈道：「喂，我只是吟首詩，你用不著這麼嫌棄吧。」

「不。」寧蕭努力鎮住自己的心神。「我是驚訝剛剛發現了一種新生物——會在大馬路上詠嘆情詩的刑警。」他盯著徐尚羽，「為什麼我以前沒有發現你這種特質？」

「什麼特質？博學？」

「不，悶騷。」

「抗議歧視！刑警也有看情詩的權利吧！」

「那就麻煩安靜地看，不要再以詠嘆調來汙染我的耳朵。」

「我想和你一起欣賞嘛。」

「不必了，謝謝。」

兩人一路鬥嘴下來，不知不覺間也抵達了這次出行的目的地。

「好吧，到了，跟我進來。」徐尚羽停下反駁，抬頭看了看上頭的招牌，掀開門簾就進去。

「大姐，我來吃飯了。」

寧蕭正吃驚這傢伙怎麼這麼不客氣，就見一個裹著頭巾的女人從廚房走出，一臉驚喜地看著徐尚羽。

「小徐，你來得好早！」

「來嘗姐妳的手藝，怎麼能不早點來？」徐尚羽笑著打招呼，順便把寧蕭拉過來。「姐，這是我同事，今天一起來吃飯。」

「好！我這就去弄麵，你們先吃點點心吧！」

裹著黑頭巾、看起來很民族風的女人端上兩盤小吃，轉身又進廚房忙碌起來，一點也不把他們當做外人。

整個過程，寧蕭看得目瞪口呆。

「你姐？」

「哪是。」徐尚羽剝了一粒瓜子扔進嘴裡。「我剛剛在會館外面打聽消息不是嗎？就跟這個麵店大姐聊起來了。後來聊一聊我說肚子餓，她就叫我到她店裡來吃。大姐很熱情，你不用太拘束啦。」

光聽這幾句，寧蕭腦中就浮現出徐尚羽混入人群、探聽八卦的場景。嗯，這樣的發展很合理。

想到此，他一把拉過徐尚羽，壓低聲音道：「既然這樣，你自己來就好，幹嘛把我也拉來！」

「不是你說要了解一下情況嗎？」徐尚羽道：「我是覺得在詢問會館的人之前，聽聽附近居民的意見比較好。而且大姐這麼豪邁又熱情，你不來吃的話對得起大姐嗎？」

這什麼亂七八糟的結論！撈起衣袖，連剛才吟詩的仇，寧蕭正準備好好教訓對方一頓。

「來來來，麵好了！」

就在此時，大姐端上兩碗麵，重重放在兩人面前，熱情道：「手工特製麵條，今早現殺的牛肉，加上祕製醬汁，你們肯定吃完還想再吃！」

咕嘟。

寧蕭看著眼前熱氣騰騰的牛肉麵，剛準備出口的話順著口水一起吞下去了。

徐尚羽笑著遞了一雙筷子給他。「吃吧，有什麼話吃完再說。」

寧蕭堅決抵抗了三秒，最後還是拜倒在美食的誘惑下。

就在吃麵吃到一半時，他發現身旁的人不知什麼時候放下了筷子。

「你……」怎麼不吃？

寧蕭這才注意到剛才還有許多空位的麵館早已坐滿了人。

「老李啊，我說你看到警車沒，一下子就來了好幾輛，多帥氣啊！」

「可不是嗎？出了這麼大的事，陳瓊那小子大概也瞞不住了。」

「一個禮拜就死了兩個人，嘖嘖，這是鬧鬼啊！」

「我聽說那兩個女的之前還在爭風吃醋呢。前一個死了，後一個立刻就勾搭上前一個的金主，這根本是人家回來報仇了。」

嘰嘰喳喳的議論聲不絕於耳，寧蕭一聽，竟然十桌有七桌都在討論會館裡出人命的事……等等，該不會徐尚羽之所以帶他來吃麵，是真的為了探聽消息？不是只是肚子餓？

他轉身看向徐尚羽，這傢伙又坐回去吃起了麵。

「啊，看熱鬧看累了肚子好餓。」徐尚羽邊講邊吸著麵條。「還是這家的麵好吃啊。」

他一定早就算準了！那剛剛幹嘛還講那種爛理由！

寧蕭頓時有種被耍了的感覺。

不行不行，為了線索，要罵也要等離開再罵，忍住！深呼吸了幾口氣後，他決定當做什麼都沒發現，繼續乖乖吃麵。

吃飯時，人的防備心會降低，根本無心顧忌周圍的人會不會偷聽，只想大肆發表意見。

結果一頓飯吃下來，該知道的不該知道的，全被兩人聽光了。徐尚羽喝完碗裡的最後一滴湯汁，和熱情的大姐告別，兩人帶著滿滿的情報離開。

他們算是大致掌握兩起命案的狀況了。爭風吃醋的女公關先後死亡，被人謠傳為亡魂的復仇。

寧蕭總覺得，這個傳言裡似乎隱藏著什麼。

「我想去問一下會館裡的工作人員，關於前一個死者的死因，還有她的屍體是如何失蹤的。」寧蕭說完，就感覺到身邊人異樣的視線。

他一轉身，看到徐尚羽正盯著他。

「我很好奇，你為什麼對這件案子這麼上心？」徐尚羽問：「這種時候，你不是該關心赫野他們的下一步動作嗎？」

寧蕭哦了一聲。「我沒告訴你嗎？」

「什麼？」

「這就是赫野的下一步。」

徐尚羽腳步一頓，臉色驟變，連珠炮般問道：「你是什麼時候發現的？推理？猜測？還是案情和你的小說很相似？你知道凶手是誰了？」

「都不是。」等他問完，寧蕭才淡定地掏出手機給他看。「我剛剛看了一下那個網站，發現我的文章下多了一條新留言。」

「案件一，請笑納。」

夠乾脆，夠簡明扼要。而且看留言時間，恰巧是寧蕭抵達會館的時刻，時間精準到令人發寒。

寧蕭收回手機。「所以我想，我們現在要做的不僅是找出凶手，還要找出赫野藏在案件裡的線索。」

徐尚羽沉吟一聲。「你打算怎麼做？」

「第一步，收集更多情報。」

兩人回到會館，將看守現場的工作交給了趙雲和陸飛，便開始一個個約談工作人員。

第一位：陳瓊，總經理。

「兩名死者的身分？第一個死者是蘇儷，第二個是楊芸，都是我們這裡的聘僱員工。」

「糾紛？不可能。裡面的員工感情都很好，不太吵架。」

「沒有什麼大金主。顧客都是上帝，我們竭誠為每位客人提供最好的服務。」

「蘇儷的屍體是不見了，但絕對不是什麼死而復生或化為厲鬼來報仇，這世上根本沒有鬼神之說！」

「我對兩人的意外死亡深表遺憾，我會通知她們的家屬，並協助家屬處理後事。」

第二位：馬如，調酒師。

「我常常跟她們聊天，兩個都是不錯的女孩。」

「楊芸我不清楚，但我記得蘇儷還是大學生。咳咳，別看我們是這種地方，很多人都崇拜高學歷的。大家都很相信她，她懂很多。」

「她們兩個有沒有吵過架？我印象中是沒有。」

「屍體不見了？誰知道，也許人真的有靈魂吧。」

「她們都是可憐的女孩。」

第三位：鄭盈盈，女公關。

「我和她們不熟，知道的不多。」

「不過我記得楊芸滿崇拜蘇儷的，而且她只聽得進蘇儷的話。」

「有什麼不對勁？蘇儷死掉的前幾天，她們大吵了一架，好像滿嚴重的。爭金主？有這回事？那可能就是為了這個吧。」

「蘇儷的屍體不見，我怎麼可能知道在哪裡？」

「死因？誰知道呢。蘇儷莫名其妙就死了，現在楊芸也跟著走了，下個會輪到誰？呵呵，說不定就是我囉。」

接連問了幾個人後，寧蕭與徐尚羽決定先找個安靜的地方討論一下。一樓大廳有很多被高板隔開的座位，兩個人坐在裡面，即使有人從二樓往下看，也不容易發現他們。

寧蕭一屁股坐上厚厚的沙發，鬆了鬆衣領，才覺得舒服許多。

「收集完畢。」

他道，打了個響指。

「現在，開始彙整證據吧！」

第二十三章

夜鶯與玫瑰（五）

IT MUST BE HELL

寧蕭攤開一張白紙，問：「你先，還是我先？」

「我。」徐尚羽高高舉手，「我要先講，不然等你說完，我就沒得說了。」

「請便。」

假裝正經地咳嗽一聲，徐尚羽坐正。「首先，一定有人在說謊。」

廢話。寧蕭忍不住白了他一眼。

徐尚羽笑一笑，繼續道：「根據流傳在外的消息，他們普遍認為兩人的死亡是爭風吃醋引起，但是當我們詢問會館內部人員時，得到的卻是截然相反的答案。」

徐尚羽看了眼二樓，壓低聲音：「按照會館員工的說法，兩人不常吵架，甚至感情很好。那麼，外面的流言是誰傳出去的？目的又是什麼？這是一個疑點。

「還有，為什麼會館裡的人都隱約知道蘇儷的死有蹊蹺，卻沒有人願意多談？我想他們不是不願意說，而是不能說。那麼就是有人故意要掩藏蘇儷的死亡，想大事化小，小事化無。看來，此人必定身分不低。」

「進得了這所會館的人，肯定身分都不低吧？」寧蕭冷冷地插了一句。

徐尚羽苦笑。「說的也是。說實話，我目前想到的只有這麼多，畢竟我只是個普通人類。」

寧蕭轉了轉手中的筆。

「不是因為你是普通人類所以辦不到，而是你看問題的角度不對。徐尚羽，你有沒有發現，在分析這幾個人的證言時，你用的完全是第一人稱？」

「這有什麼不對？」徐尚羽不解。

「非常不對！」寧蕭恨鐵不成鋼地看著他。「如果辦案時總是用感性思維去推斷事情發生的過程和結果，你會得到的，也只是感性的結論。徐尚羽，你是刑警，偵查時需要的是理智，不是對死者的同情。」

徐尚羽沉默幾秒。「好吧，請示範。」

寧蕭打開筆蓋。

「所以你剛才說了那麼多話，等於沒說。」

「……」徐尚羽聳聳肩，他無法反駁。

「我先畫一個簡單的關係圖給你看。」寧蕭在紙上寫下三個人名，分別是陳瓊、馬如、鄭盈盈。

「他們一個是兩位死者的雇主，一個是無競爭關係的同事，一個是有競爭關係的同事。」

寧蕭在陳瓊的名字上畫了個圈。「首先是陳瓊。作為會館經營者，他會刻意避開不利於會館的證言，所以他的話可信度很低。不過有一點，在提及蘇儷屍體失蹤時，他的語氣聽起來有點情緒。這個反應倒是可以再觀察，除此之外就算了。」

說完，他毫不客氣地在陳瓊的名字上畫了叉。

「其次是馬如。作為調酒師，又是男性，兩位死者跟他的關係應該不錯。」

「等等！男性這點我還可以理解，為什麼調酒師這個身分，也能當做關係不錯的原因？」徐尚羽提問，見寧蕭面露不爽，連忙舉起右手。「老師，請告訴我！」

寧蕭挑了挑眉。「職業附加屬性，聽過嗎？」

徐尚羽老實地搖頭，總覺得聽起來很像網路遊戲用語。

「電影裡面，是不是常常會看到調酒師邊調酒邊跟客人聊天的畫面？或者是主角塞錢給調酒師，跟他探問某些客人八卦的畫面？」

徐尚羽點點頭。

寧蕭繼續道：「現實也是如此。從事調酒師，就必須具備與各種客人交流的能力，這樣才能無限擴大客群。所以身為調酒師的馬如，與同事相處的情況自然不會太糟。」寧蕭看向徐尚羽。「懂了嗎？」

徐尚羽連連點頭，舉一反三道：「懂了。那萬一客人很難聊或是故意聊一些很爛的話題呢？」

「這不是你要關心的重點。」寧蕭語氣不佳，「回到正題，馬如既然對會館掩飾蘇儷的死亡而感到不滿……你能不能不要一直打斷我？」

徐尚羽放下高高舉起的右手，神情無辜。「我只是有疑問嘛。」

「說。」

「你怎麼看出他的不滿的？」

「他在提起兩個死者時，先是讚美了她們，再是對蘇儷的死及屍體失蹤感到諷刺，最後則是同情她們的死去。明顯，他知道事有蹊蹺，也正如你所說，這是一個知情但不敢說的人。」

「對於馬如。」寧蕭道：「可以再繼續觀察他，他一定還藏著什麼沒說。」

「最後，鄭盈盈。」寧蕭用筆圈住了這個名字。「不得不說，她是一個驚喜。從她的證詞中，可以推斷出有一件與兩位死者密切相關的事令她們產生爭執，後來情況逐漸惡化，最後引領她們走向死亡。由此可見，根本不是自殺，而是像我們所推斷的那樣——凶手身分不低，所以會館選擇掩蓋事實。現在我們只要查出哪個會員與她們關係匪淺，就能找出殺死蘇儷的凶手了。」

寧蕭講述完，「還有什麼疑問嗎？徐同學。」

「有。」徐尚羽似笑非笑，道：「寧老師，為什麼你從頭到尾只著重在蘇儷的死，而對於楊芸就不再多說？」

寧蕭放下筆，看向他。「你明知故問。楊芸的死，根本就沒有凶手。」

「因為她是自殺。」

「因為她是自殺。」

兩人同時出聲，並相視了一眼。

徐尚羽笑道：「你明明看出來了，還故意藏起匕首，又誤導老劉和陳瓊，你在打什麼壞主意？」

「和你一樣。」寧蕭捏了捏放在懷裡的匕首，它也曾在另一個人懷中躺過，感受著那個人的體溫逐漸變得冰冷。

「割喉並不會直接導致死亡。」

在探查楊芸的傷口時，寧蕭就發現，她不是死於窒息，而是死於失血過多。傷口並不致命，她完全有時間可以呼救。

現場沒有打鬥痕跡，她的身上更沒有瘀青和擦傷。如果是犯人割喉，在死亡前她肯定會瘋狂地掙扎，弄出聲響將醉酒的人們吵醒。但是，她並沒有這麼做。那夜她只是選擇安靜地等待血液流乾，一步步邁向死亡。

然後在第二天早上，迎來一群人驚恐的注視。

這就是她的目的。

寧蕭閉上眼。「究竟是什麼樣的力量，讓一個人願意這樣折磨自己，是什麼逼得她寧願用自己的死亡引來注意？我只是想弄明白這點。」

因此，即使明知劉警官陰差陽錯的判斷是正確的，明知楊芸真的只是自殺，寧蕭也不願意就此結案。

楊芸殺死自己，用一地的鮮血，做出最刺目的控訴。

她不惜獻出生命去吸引世人的目光，究竟想向這個世界說些什麼？

玫瑰樹對夜鶯說：

你需要在心口插一根尖刺，為我歌唱，整夜地為我歌唱。那刺插入你的心窩，你生命的血液將流進我心房。

到時候，玫瑰才能再次綻放
用死亡來換一朵紅玫瑰，代價可真不小。
但是夜鶯願意。

第二十四章

夜鶯與玫瑰（六）

IT MUST BE HELL

除非萬不得已，任何有尊嚴的女人都不會甘願賣身。

獻上身體任人玩弄，硬撐笑臉相迎，厭惡卻要裝作歡喜，對著貪婪好色的男人作出一副小鳥依人的模樣。

但是，最讓她覺得噁心的卻並不是那些男人，而是自己。明明深陷於泥沼之中，偏還要裝出一副清高模樣。

妳以為妳還配擁有尊嚴嗎？

妳以為妳還能正大光明地走到陽光下？

哪怕是街上的老鼠，都能比妳更理直氣壯地活著！

旁人的貪婪目光對她來說是折磨，旁人的憐憫也同樣是折磨。她已經沒有勇氣正視自己，只能在酒色世界裡慢慢腐敗。

然而，她卻遇上了另一個女人。雖然身陷聲色，卻總能留住一份清醒；對骯髒世界的一切，彷彿置身事外；從容地走進叢林，也能全身而退。

既不自甘墮落，也沒有自命可憐。

為什麼她還能保留這份尊嚴？

「不為什麼，我只是在工作。」那個女人對她道：「哪怕是再卑賤的工作，也是靠自己的努力養活自己和家人。既然這樣，為什麼不好好地活著？」

為什麼不好好活著？一句話，把深陷於泥沼的人拉了出來。

原來，再醜陋的花，也可以活出自己的路。

但是為什麼，說出這樣話的人卻不在了。

那個女人被殺死了。

寧蕭往後一仰倒，揉了揉太陽穴。

徐尚羽看著他。

「你好像很累？」

寧蕭用鼻子哼了一聲。

「也是啦，連續捲入三起命案，還總有人與你爭鋒相對，是滿倒楣的。」

「別忘記裡面也有你的份。」寧蕭提醒道。

第一次的案子，是誰一直把自己當做嫌疑人看待，最可惡的是還出言戲弄、不安好心！寧蕭暗道，自己算是早早看破了，才沒有被繼續戲弄下去。

徐尚羽摸了摸鼻子，「我也是職責所在，而且那次我說的話，也不全是……」

不全是什麼？

說到這裡，對方突然沒了聲音，寧蕭著急地問：「把話說完，不要只說一半好不好！」

他不耐煩地坐起來，卻看到徐尚羽正轉過身，直直地盯著二樓，表情嚴肅。

「怎麼了？」寧蕭問。

「我剛才，看到季語秋帶著他的人上去了。」

「……你喊他來的？」

「沒有。」徐尚羽道：「所以才糟糕。」

兩人對望一眼，同時從沙發上起身，急急向樓上跑去。徐尚羽兩三步就上了好幾階，寧蕭腿沒有他長，完全被扔在後面。

「我說，你等等——！」

「啊，小心！」

寧蕭剛踏上二樓，就差點跟迎面走來的手推車撞上。他連忙抓著扶手躲開，但還是把推車上一大堆坐墊、床單類的東西撞掉在地。

「對不起！」推車的年輕員工連忙上前道歉。「你沒事吧，有沒有哪裡受傷？」

「沒事。」寧蕭擺了擺手，抬頭再看時，徐尚羽已經走得很遠了，完全不見身影。

他嘆了口氣，彎下身幫年輕員工收拾東西。

「是我上樓太急了。啊，我來幫忙撿吧！」寧蕭撿起一個坐墊，看起來似乎有點眼熟。

「這個坐墊……你剛剛在打掃包廂嗎？」

年輕員工點頭道：「是啊，我在樓上整理到一半，經理忽然說等一下二樓有個包廂要用，叫我先來整理。」

寧蕭心頭一跳。「是不是210？」

「你也知道？」年輕員工微訝，隨即嘀咕道：「說起來，那個包廂也怪可怕的，都出第二起意外了，竟然還對外開放。」

「等等。」寧蕭看著他。「難不成蘇儷的那一次，也發生在210包廂？」

為什麼沒有人告訴他們這一點？不，他早該想到的！楊芸既然要用這種方式引人矚目，必然會選擇相同地點！

「啊……我、我什麼都沒說！」年輕員工臉色一變，迅速收好地上的東西。「我還有事要忙，先告辭了，再見！」說完，人已經推著車跑遠，那速度就像是身後有隻老虎在追似的。

寧蕭一直看著他，直到見對方的身影消失在走道盡頭，才收回視線。他在原地站了一下，隨即轉身，朝210包廂去。

等他趕到210包廂時，一見情況，就知道事情糟糕了。

徐尚羽站在門前，神色微慍。寧蕭是第一次看到他這麼憤怒卻還要隱忍住的表情。而在他對面，劉警官則是一副得意洋洋的模樣。

「小徐，既然事情都查清楚了，我也不想不給你面子。」劉立乾臉上帶著笑容，拍著徐尚羽的肩膀。「年輕人嘛，急功近利，也不是不能理解。可是再怎麼樣，也不能混淆案件的性質嘛。」

他往身後的季語秋看了一眼，嘴角掀起。「既然季法醫都驗明死者是自殺，那就不用多說什麼了吧？自殺事件也不是我們的業務範圍，就讓會館的負責人來處理剩下的事吧。」

陳瓊在一旁帶著笑臉，連連點頭稱是。

寧蕭看向季語秋，那傢伙站在劉立乾身後，一副左右為難的表情。見寧蕭看過來，他露出一個苦笑，向寧蕭聳了聳肩，無奈地攤手。

季語秋隸屬於刑事鑑識中心，而不是徐尚羽隊長的私人法醫。其他警察麻煩他來現場做鑒定，他也不能拒絕啊。

寧蕭並不是在意季語秋為什麼要前來驗屍，而是自殺的真相這麼快就曝光，對他們的下一步很不利。

「劉警官。」寧蕭想了想，還是開口道：「即使是死者自殺，難道你都沒有覺得不對勁嗎？為什麼時機這麼湊巧，地點也和第一次案件時一樣，也許背後還有……」

「我不管背後有什麼，這都是我們警隊的事！」劉警官不耐煩地打斷他，看了寧蕭一眼，道：「特別顧問究竟有多特別？寧蕭，之前你故意將死者死亡說成是他殺，這件事我還沒和你算帳！怎麼，聽說你是寫小說的？是不是遇上這種懸疑案件，你就會特別有靈感？我告訴你，寧蕭！刑事案件是十分嚴肅的事，不是給你開玩笑的！你要是我們正式警員，光欺瞞死因這件事就足夠給你一個處分了！你——」

「劉警官，這件事錯不在他。」

一直沉默的徐尚羽站了出來，他輕輕走前一步，擋在寧蕭身前。「是我叫他這麼做的，我只是懷疑這件案子也許沒那麼簡單。抱歉，既然已經查清楚，看來是我多想了。」他看向劉立乾，微微地彎腰。「年輕人的失誤，希望您大人不計小人過。」

在場所有人都沒有想到，徐尚羽竟然能說出這麼低聲下氣的話。

劉立乾愣住了。

季語秋則是驚得嘴巴都合不攏。

寧蕭站在他身後，神色難辨，只是雙手緊緊握拳。

「你……呵呵，小徐，知錯難改總是好事。」劉立乾很快就接受了這番誠懇的道歉，能夠把這個心高氣傲的年輕人狠狠地打壓一下，真愉悅。

「我也不計較了。總之，你們不要繼續在這個案件上鬼打牆就好。」

「還有你，特別顧問。」劉立乾走過寧蕭身邊。「好好想想，自己究竟是什麼身分吧。」說完，他像個戰勝的將軍一樣挺著肚子離開，陳瓊跟在其身後相送。

直到他們下樓，寧蕭都沒再說過一句話，看著徐尚羽微微彎曲的背脊，他覺得莫名地刺眼。

「抱歉，劉大頭直接打到局裡，我不來不行。」季語秋對著兩人舉手道歉。「我沒想到事情會變成這樣。」

「不關你的事。」徐尚羽摸了摸臉，褪去剛才偽裝出來的笑容，變得面無表情。「劉立乾也是老油條，他會看不出這兩起案子之間有鬼？既然他存心想息事寧人，什麼手段都能使得出來。不找你，也能找到別人。」

「那你剛才……」

「形勢不饒人，暫時只能這樣了，等到……寧蕭呢？」徐尚羽說到一半，突然發現寧蕭不見了。他環顧四周，才發現人跑到包廂裡了。

210包廂內，寧蕭躺在楊芸屍體畫出來的人形白線上，望著天花板，一動不動。

季語秋和徐尚羽一臉不解地走進了包廂。

「寧蕭，你在做什麼……」季語秋率先問。

「別過來。」

「什麼？」

寧蕭直直地盯著天花板，聽到兩人走近的腳步聲，連忙阻止道。

「站在那裡別動。徐尚羽，幫我打開大燈。」

徐尚羽聽話地去開了大燈。頓時，吊燈的刺眼白光照在寧蕭身上，將他的臉映得蒼白。

寧蕭瞇著眼，看著吊燈上影影綽綽的黑影，竟然笑了起來。被光照得蒼白的臉色，加上他突兀的笑聲，令人毛骨悚然。

「我知道了！」寧蕭猛地坐起來，看向兩人。「我終於知道，為什麼楊芸要選在這裡自殺了。季語秋！」

「是！」對方的聲音太有命令感，季語秋忍不住站直了身回答。

「是你將功補過的時候了。」寧蕭拍拍手，對季語秋道：「包廂這裡就交給你。」

「你想做什麼？」季語秋忍不住問。

「做什麼？」寧蕭摸了摸腳下的白線，像是在撫摸情人的臉龐那樣溫柔。「當然是按照楊芸的要求，重建現場。」

他接著抬頭，對著徐尚羽一笑。

「我們還擊的時刻到了，徐警官。」

第二十五章

夜鶯與玫瑰（七）

IT MUST BE HELL

「結果出來了。」

季語秋從包廂裡走出，摘下口罩後，表情有些疲憊地看向寧蕭。「不得不說，你實在是——」

實在是什麼？

他沒有繼續說下去。因為寧蕭已經戴上口罩手套，與徐尚羽一同進了包廂。

包廂內沒有開燈，唯一的光源——大門——也被關得緊緊的，門上玻璃用衣服罩了起來，透不進半點光。然而，就在這樣一片的黑暗世界裡，竟然有著隱隱的螢光。

牆壁、地板、沙發，甚至是天花板和吊燈上，藍綠光點遍布了大半個包廂。密密麻麻的光點，就像黑暗中一雙雙野獸孤魂的眼，緊緊凝視著來人，發出無聲的控訴。

寧蕭被包圍在這片細密的藍綠色「眼睛」中，和它們密切對視。這些亡魂留下的「眼睛」，正在向他傾訴著那天的遭遇，將現場的每個細節、每個舉動，一一重現。

而那些藍綠色「眼睛」的真實身分——便是檢測血液殘留的魯米諾試劑。

他拜託季語秋將魯米諾噴滿包廂後，再進來看，就得到了滿室的藍綠光點。

每一個閃爍著藍綠螢光的點，都是從蘇儷身上濺出的鮮血！它們有多麼密集、遍布多麼廣泛，就證明了當時的犯案有多殘忍。

「就在這裡。」寧蕭站在白線的位置，對著牆壁道：「她被割開頸動脈，血濺出了兩公尺遠，濺到天花板和牆壁上，而凶手……」他示意徐尚羽過來，站在自己面前。

「凶手當時就在她身前，所以血濺出去時，一部分被凶手的身體擋住了，所以這裡才會有一塊空白的區域。」寧蕭走到牆壁前，說明了空白的原因。

血跡沒噴到牆上，而是濺在凶手身上。這個細節，便成為了找出凶手的絕佳證據。

「身高約一百八十公分，體型健壯。」寧蕭推估著空白處的大小，道：「是個左撇子。」

徐尚羽問：「身高和體型我也看出來了，不過左撇子……」

本來以為自己這麼問，寧蕭會很不耐煩地翻一個白眼，誰知他竟然耐心地解釋了起來。

「仔細看血點的尾端，都是微微偏右。」寧蕭示意徐尚羽仔細觀察。「動脈被割破時，會在一瞬間產生足夠的壓力，使血飛濺出去。而血滴的走向和軌跡，可以證明當時被害人的所在位置。由此可以確定，蘇儷當時是右手側對這面牆站著，而凶手是面對她站著。」

寧蕭拉過徐尚羽的右手，將它放在自己的頸動脈處。「試想一下，如果這時你割破我的動脈，會怎麼樣？」

徐尚羽按著寧蕭頸部的皮膚，試著用力，想像鮮血濺出的畫面。

「我明白了。」徐尚羽放下了手，道：「如果凶手是用右手割破她的喉嚨，濺出來的血就不會被他的右手臂擋住。而牆壁上……」他順著寧蕭的脖子往牆壁看。「那裡有一塊空白，明顯是手臂的形狀，所以凶手是用左手。而且割破動脈需要很大的力量，看來必然是左撇子。」

「所以凶手的範圍可以縮小到『身高一百八十公分、身體健康、左撇子』的男性身上。」寧蕭總結道。「這些線索，夠你們列出一份初步的犯罪嫌疑人名單嗎？」

「夠了。」徐尚羽揚起嘴角微笑。「再加上楊芸那把匕首上的指紋，也許犯罪嫌疑人的範圍可以縮更小。」

「那麼，還有一個問題——蘇儷的屍體到底去哪裡了？」寧蕭環視著滿屋的螢光點，那些小小的「眼睛」還在與他對視。「究竟是誰把她藏了起來，又是為了什麼？」

徐尚羽看著寧蕭近乎蒼白的臉龐，也思考起來。

叩叩叩！

敲門聲響起。

「提醒兩位，裡面可不是適合約會的地方，再待下去對身體不好。」

季語秋調侃道：「換個地方吧。」

寧蕭和徐尚羽對視一眼，幾分鐘後，兩人拍下足夠的證據，才從包廂裡走了出來。

「情況怎麼樣？」季語秋問。

徐尚羽大致說明了一遍，季語秋看向寧蕭的目光則更多了幾分詫異。

「沒想到你連這些都這麼了解，不如考慮轉行法醫？」

「不敢。」寧蕭說：「只是因為工作需要，略知皮毛而已。」

「這都叫略知皮毛……」季語秋失笑。

「科長！不好了！」

三人正在閒聊，有人從樓下急急忙忙地跑了上來。寧蕭看過去，是個生面孔，而他喊的科長，是季語秋？

「這是跟著我的實習生。」季語秋對他解釋了一下，回頭便痛罵那可憐的實習法醫。「豬頭！我跟你說了多少遍，在外面不要喊我科長！」

「是的，科長……不，是的，老大！」被罵豬頭的實習生瑟縮了一下。

「膽子還是跟老鼠一樣。」季語秋不耐地哼了一聲。「出什麼事了，這麼大驚小怪？」

「那個，陳瓊回來了，他要上樓。趙哥和陸哥正在下面攔著他，眼看快要攔不住了，所以叫我上來通知你們。」

「陳瓊回來了？」寧蕭問。

想想也是，送劉警官離開送了半個小時，也該回來了。

「有麻煩嗎？」季語秋皺眉，回頭看向兩人。

「不。」徐尚羽笑道：「他來的正好。」

正說話間，只見陳瓊陰著臉走來，他身後還跟著趙雲和陸飛。兩人拚命朝自家隊長使臉色，然而徐尚羽卻當做沒看到似的，從容地等陳瓊走到面前。

「你們還在這裡幹什麼？」陳瓊臉色難看，看著堵在包廂門口的幾個人。

「為了告訴你一個好消息。不，或許對你來說，是個壞消息。」徐尚羽看著陳瓊，露出人畜無害的笑容。「很遺憾地通知你，陳經理，你的會館恐怕要停業一段時間了。」

陳瓊的瞳孔猛地一縮，驚疑地看向他。

徐尚羽繼續微笑，說出最重要的一句話。

「在我們找出殺害蘇儷的凶手前，請禁止所有人外出。因為會館裡的每個人，都可能是凶手。」

陳瓊的臉色越來越蒼白，最後如同一張白紙，面無人色。

「哈哈哈！我一想到陳瓊的臉色就好痛快！」陸飛坐著，猛拍自己的大腿。「好像老鼠碰上貓，見鬼了！哈哈哈！」

「小聲一點。」趙雲提醒他。「我們還在人家地盤上。」

在告知陳瓊警方決定對蘇儷死亡一案立案偵查後，陳瓊那彷彿天塌了的表情，在場的人都難以忘記。現在，他們借用了會館的一間貴賓室，等待人手趕來。

「發現了蘇儷死亡的第一命案現場，再加上那麼多鐵證。」徐尚羽道：「這回劉立乾想掩飾也是掩飾不住了。」他愉快地揚起嘴角。「我更期待他此刻的表情，一定很精彩。」

陸飛和趙雲看見自家隊長的笑容，齊齊打了個冷顫，躲在角落竊竊私語起來。

「我就說他是個睚眥必報的傢伙。」

「是啊，當時季法醫跟我說，隊長竟然向劉大頭鞠躬道歉，我就知道一定有鬼。」

「肯定還有後續報復。」

「……這麼想想，劉大頭好像有點可憐啊。」

「是嗎？」徐尚羽不知什麼時候走到兩人身後，輕拍他們後背。「既然他那麼可憐，你們要不要去陪他？」

「隊長饒命！」

「我對您一片忠心，日月可鑒！」

徐尚羽笑著點頭道。「很好，繼續保持。」

他走回寧蕭身邊，發現這個大功臣自進屋以來就很沉默，只是在一旁玩圍棋。

「你發現了血跡，讓案件可以繼續進展下去，為什麼還是不開心？」

寧蕭抬頭看了他一眼。「不是我。」

「什麼？」

「血跡不是我發現的，是楊芸。」寧蕭道：「我當時腦海中一片混亂，只想找個地方整理思緒。結果一躺在楊芸倒下的地方後，就發現了吊燈上的黑點。」

蘇儷死亡後，包廂已經整修過一次了，光憑肉眼根本看不出那些血跡。只是不知是整修的工人偷懶，還是會館老闆為了節省成本，他們並沒有換掉吊燈。

正是這吊燈，留下了線索。

那黑點的位置非常特殊，也不似一般汙垢。要想在狹小的吊燈間隙間留下這麼一點痕跡，非常不易。當時寧蕭腦中浮現的，是噴濺出去的血跡。只有血在飛濺出來時，可以進入任何狹小的縫隙，這是人力難為的。

「現場所有可見的血跡都被清洗乾淨了，不知道楊芸究竟花了多少時間跟精神，才能在那間包廂裡發現那滴血。」寧蕭手撐著下顎。「然後，為了讓警方繼續偵查這間房間，她選擇……」

「在那裡自殺，讓警方介入調查。」徐尚羽道：「用自己的死來揭開一場被掩蓋的凶殺案，她的勇氣令人敬佩。」

「是啊。」寧蕭道：「如果這份勇氣不是被人利用的話。」

徐尚羽眉頭一皺，隨即想到了什麼人。

「你是指……赫野？」

寧蕭點點頭。

「這不只是一場凶手和警方的角力，徐尚羽。幕後，還有一個主贊助商。」寧蕭的聲音有些低沉。「他操控迷局、玩弄生死，就是為了讓我加入調查，去破他的謎題。而我們——」

他抬起手指向棋盤，上面的黑子已將白子團團包圍。

「都是他的棋子。」

第二十六章

夜鶯與玫瑰（八）

IT MUST BE HELL

「這裡就是。」

一個服務生推開房門。「楊芸生前的房間，我們都沒動過。」

徐尚羽踏進房間，寧蕭與其他刑警們跟在他身後。

「不，你們不用進來。」徐尚羽對背後的趙雲幾人道：「這裡就交給我和寧蕭，你們去其他地方搜查。」

「是！」

刑警們聽命行事，為他們開門的服務生也跟著離開。

房間內只剩寧蕭與徐尚羽了。

此時，從警方宣布正式介入蘇儷被害一案開始，已經過了整整兩個小時。警方的車輛和人手，將會館團團包圍，按照徐尚羽的要求，不准任何人進出。

「現在可以說了嗎？」

徐尚羽走到窗前，用力推開窗，一股陽光混著塵土的味道飄了進來。

「你從剛剛開始就一直悶悶不樂，究竟是在想什麼？」徐尚羽靠著窗看著寧蕭。「別告訴我還是在想赫野那傢伙。」

「事實上……」寧蕭將視線從手機上移開，看向徐尚羽。「我突然想起了後天就是截稿日，但我一個字也沒寫。」直到看了編輯發來的催稿信，寧蕭才想起自己的本職是一名作家。

徐尚羽一愣，隨即大笑。「這還真是個不幸的消息。那麼，你準備怎麼補救？」

「在後天前結束這場案件，然後回去好好睡一覺。」寧蕭道。

「小說呢？」

「……以後再說。」寧蕭揉了揉太陽穴，有些逃避地道。

徐尚羽忍笑。「每當我產生你不是人類的念頭時，你總是以最快的方法證明了你是。既然想在兩天內結束案件，你想好怎麼應對這個局了沒有？」

寧蕭收起手機。「這個精心布置的局確實麻煩，但我也有先天優勢。」

「哦？」

「如果赫野真的想玩假扮遊戲，那麼他計畫的每一個案件必是參考了某些東西。身為他參考的故事作者，還有人會比我更熟悉劇情嗎？」寧蕭道：「當然，赫野肯定不會做得一模一樣，但無論如何，整體走向還是差不多的。」

徐尚羽的神情嚴肅起來。「所以這個案件，他參考了哪個故事？」

寧蕭走過他身邊，來到書桌前。

「提摩爾登場的第一個案件。」他輕撫著桌面，感受著它的粗糙。「莊園主人的女兒，被僕人發現慘死在花園中，並且衣衫不整。莊園主人為了掩蓋這個醜聞，決定隱瞞女兒的死訊，並對外宣稱她跟人私奔了。很不幸，提摩爾正是那個私奔對象，因為莊園主人的女兒恰好是他的仰慕者。」

「可憐的偵探。」徐尚羽評論。「最後神探先生有很快就找到凶手嗎？」

「不。事實上，初次登場時，他犯了一些小小的錯誤……抱歉，我離題了。」寧蕭停頓了一下。「重點是，這個案件與蘇儷死亡的相同點。首先是，掩蓋死亡的行為；再來是，相同死因——忘記說了，莊園主人的女兒也是被割喉而死；最後也最重要的是，有一個急欲為她復仇的忠心女僕。在這個案件裡，女僕就是楊芸。」

「哦？該不會女僕成為了主角的幫手吧？」徐尚羽皺著眉問。萬一她是幫手，現實中卻死掉了，那還幫什麼啊！

「不。小說裡的女僕在找到真凶前就死了。不過，她還是留下了一些線索。」

徐尚羽眼前一亮。「所以你認為，楊芸也留下了關於凶手的線索？」

「不是楊芸留下的證據，是赫野故意讓她留下的證據。」寧蕭輕拍著桌面，語氣有些不快。「作為背後的計畫者，他一定會讓案件按照我的故事劇情進行下去。」

「你還真了解他。」

「但是他更了解我。」寧蕭轉身看向桌面。「他知道我會到楊芸的房間來，所以會在這裡留下線索。」

「線索?在哪裡?」

「兩個死者。」寧蕭摸著桌面，喃喃自語道。

「什麼?」

「盲文。」寧蕭道：「楊芸留下的線索，就在這張桌子上。」

徐尚羽聞言，也湊了過去，從貼近桌子水平面的高度觀察，桌面上有些深深淺淺的坑。「一個沒有眼部疾病的人，竟然會盲文?」

「很顯然，這就是赫野的把戲。」寧蕭按著桌面，臉色陰晴不定。

「他通過這種方式告訴我，一切都在他的掌控中。誰生、誰死、哪裡有線索，都是他安排好的。我破案的進度，也都在他的計畫中。這個傢伙，簡直——」

太囂張了！

對於自尊心強大的人來說，這種挑釁更加忍無可忍。

寧蕭撐著桌面，陷入近乎失神的狀態。

「他能夠讓楊芸自殺，又讓她以盲文留下這些線索，他們絕對近距離接觸過。是誰？在什麼時候？以什麼方式？」他的腦中浮現許多種可能，而後一一被他否定。

可能性太多，能夠接觸到一個私人會館的女公關、並蠱惑她以極端方式報仇的人，最有可能的是……

「徐尚羽！」寧蕭猛地抬起頭，眼神熠熠。「我需要一個月以來會館所有客人的資料，不論男性女性，全部都要！還要比對他們的指紋是不是跟匕首上一樣！得盡快才行，他一定還在附近……」既然是用來蠱惑楊芸的誘餌，那麼赫野埋下的那條線，一定還沒撤退。很有可能，就在他們觸手可及的地方。

赫野派來的人會是誰？

是他本人嗎？還是偽裝成了這裡的客人、居民？

他……

「不，我拒絕。」

正陷入思索的寧蕭，突然聽到一個冷冰冰的回答。他有些錯愕地抬起頭，就看到徐尚羽站在窗邊，陽光從這個年輕刑警的背後射來，讓他的面容呈現一片陰影。

「警隊的偵查力量是用來破案，不是讓你和赫野玩你追我趕的遊戲。」徐尚羽冷冷道：「如果我去調查會館的客人，也是為了找出凶手。」

「寧蕭。」徐尚羽道：「之所以聘請你做特別顧問，是為了能在最快的時間內找出凶手。你跟赫野之間的爭鬥，無論最後誰被打敗，我都不在乎。我只在乎誰是凶手，以及讓所有案件的凶手都得到懲治。我希望我們相互合作的前提是為了找出真凶、還原真相，而不希望你本末倒置，一味陷入與赫野的鬥爭中。」

寧蕭愣住，狂亂的心跳漸漸平復，他的大腦也從近乎瘋狂的思緒中回到平時狀態。這個時候，他才能更理智地看待事物，並意識到自己說了多糟糕的話。

「抱歉。」寧蕭道：「是我過分了，我會找出凶手的。」

「不是你，是我們。」徐尚羽走過來，褪去冰冷的音色，又帶上一些笑意。「我一直相信你的能力，也會幫你一起阻止赫野的犯罪。」

「……謝謝。」深呼吸一口氣，寧蕭重新走到桌前。「線索是——兩個死者。」

「指的是蘇儷和楊芸？不，楊芸刻下這些字時還沒有自殺，所以是指還會有別的死者？或者，在蘇儷之前還有其他受害人？」一提及這種可能性，徐尚羽的臉色就不太好。

「不，你遺漏了女性最重要的一個特徵。」寧蕭說著，輕輕捂住自己的腹部。「這裡，還有另一個生命。」

徐尚羽瞪大了眼。

「……你懷孕了？」

寧蕭忍住頭頂青筋。「很難笑。」

「開個小玩笑，別生氣嘛。」徐尚羽笑著揮手，又說：「意思就是，蘇儷是在懷孕時被殺，而她孩子的父親極有可能就是凶手？」

寧蕭點頭。「所以我們需要調查一下，一個月來她和哪些客人接觸過。」

徐尚羽問：「那你不找屍體了嗎？」

「暫時不用。」寧蕭道：「我想現在的情況，屍體被藏起來，比待在我們手中更安全。」他看著窗外，「麻煩的事，現在才開始。」

遠處街道盡頭，駛來許多輛黑色轎車，它們將警車圍在內圈，氣焰囂張。

寧蕭知道，如果凶手真的是這家會館的客人，問題就大了。

因為這裡的會員，每一個都不好惹。

第二十七章

夜鶯與玫瑰（九）

I T M U S T B E H E L L

會館外的車還沒停穩，趙雲和陸飛兩人就匆匆衝了進來。

「隊長！」陸飛道：「外面來的那幫人，我們應付不來。」

「什麼人？」

「很多。」趙雲看了下手上的名單。「前五百強企業家的三兒子、市長的外孫，好像還有行政部長的小孩……呃，以及局長的二兒子。」

聽到這串名單，徐尚羽頭都痛了，尤其是聽見最後一個名字，忍不住抬手撫額。「他又來湊什麼熱鬧？」

寧蕭看他的神情，對最後一個人感到十分好奇，徐尚羽認識那個人？

「連奕。」徐尚羽注意到他的表情，解釋道：「局長的二兒子，目前就讀警大四年級。沒想到這次他也摻合進來了。」

「什麼意思？」寧蕭問。

「忘了告訴你。」徐尚羽道：「其實在你把匕首交給季語秋之後，我就叫他開始核對指紋了。匕首上的指紋，除了兩位死者外，還有這四個人的。」

沒想到指紋結果出來沒多久，四人就找上門了。

徐尚羽忿忿道：「一定是連奕那小子走漏消息！」

寧蕭打量著徐尚羽，這人難得情緒外露，可見對方應該和他有一定交情。

「看來你和那個連奕，關係不錯。」

徐尚羽愣了一下，還沒來得及回答，陸飛就趕緊插嘴了。

「哪只是交情不錯啊！我們隊長是連二公子的直系學長，在警大裡時常罩著連二公子。此外，連奕也是隊長的第一崇拜者，對隊長是百分之百地言聽計從！」

寧蕭聽著聽著，意味深長地哦了一聲。

「那麼，你覺得你的那位崇拜者，究竟是打著什麼心思？」

被寧蕭用那樣的眼神注視著，徐尚羽有些尷尬，他咳嗽幾聲，道：「不管怎麼樣，還是得去見見他們。」他起身，就要推門出去。

「等等，我也要去。」

「你？」徐尚羽回頭，猶豫道：「嗯……你還是先暗中調查比較好，明面上的事就交給我。」徐尚羽覺得寧蕭和他一明一暗，更利於抓住嫌疑人。

寧蕭微笑。「別擔心，我有不暴露身分的方法。」

「奇怪，徐尚羽怎麼還不來？」

包廂中，四個男人各懷心思地坐著。在他們知道自己被列為犯罪嫌疑人後，第一時間就被連奕找來了。

連奕向其他三人解釋，這時候越退縮越顯心虛。於是，他們便約好一同前來，既有表達清白、也有聯手向警方施壓的意味。

說是這麼說，但真的到了之後，有人又忍不住開始緊張起來。

這個人就是市長的外孫，任達志。

他平時就是個紈絝子弟，除了泡妞耍酷，半點本事都沒有。因此，在四人中也是他最先亂了陣腳。

相反的，身為局長二兒子的連奕就鎮定許多。「你急什麼？還是說作賊心虛了？」

「連奕，你最好閉嘴！我告訴你，要不是聽你瞎扯，我才不會來這裡。等一下要是那幫警察亂來，我就找你算帳！」任達志吼道。

連奕失笑。「這裡唯一會亂來的只有你吧？放心，就算這裡坐著一百個絕色美女，他們也不會像你一樣亂流口水。」

「你！」任達志氣得滿臉通紅，眼看就要動手打人了。

「別吵了。」這時候，一直坐在中間位置的男人終於開了口。一句話，就打斷了兩人的爭執。

連奕和任達志看了他一眼，立刻安靜下來。

坐在他旁邊的人倒是輕笑一聲，道：「還是你有魄力。」

說話的，正是四人中最後一人——李氏企業第四代的三兒子，李有銘。

他口中稱讚的男人，則是行政部長的獨子席向，其家庭背景的顯赫，在場三人加起來都抵不過。

本來是打算來黎明市散散心，結果剛到就遇上這種事，真是夠倒楣了。

席向摸向茶杯，打開杯蓋只見空空的杯底，眼中閃過一絲焦躁，輕輕嗯了一聲，並沒有理會李有銘。

李有銘的討好沒得到任何回應，臉色微變。

連奕則是將一切收進眼底，不動聲色地冷笑一聲。

就在包廂內氣氛逐漸變得壓抑時，有人推門進來了。

一名男服務生推著放著茶水的推車進來，先是向四位客人微微鞠躬致意，再為他們一一倒茶加水。

他第一個倒茶的對象，便是席向。

任達志輕哼了聲。「總算還有點眼力。」

就在服務生要幫連奕倒茶時，啪嗒一聲，門再次被推開。

這次進來的，是徐尚羽。

他一進來，在場的三人紛紛坐直了身子，繃緊神經地看向這個可能帶給他們大麻煩的刑警隊長。只有連奕，不僅不緊張，還一臉興奮地對著徐尚羽笑。

徐尚羽心底嘆氣，這小子真的明白自己的處境嗎？

他清了清嗓，在四人頗具壓力的注視下開口：「四位會來到這裡，想必對自己的處境有所了解了。那麼，我就不說廢話了。」

他示意身後的趙雲跟進，手中拿著一本偵訊筆錄。

「我們需要先問幾個問題，來判斷你們和死者的關係，請如實回答。要知道，這不但關係著你們的清白，也關係到能否抓住真正的凶手，希望你們多多配合。」

對著四人，徐尚羽毫不客氣，開口就直指重點。

四人也不想與這種刑案有過多牽扯，紛紛表示配合，連任大少都沒有提出異議。

「十分感謝。」徐尚羽致謝後，便開始提問。

然而四人都沒注意到，一開始進屋倒茶的服務生，並沒有離開房間，而是悄悄後退到角落，開始觀察四人的表情。

「第一個問題，你們是如何認識死者的？」

席向：「朋友介紹。」

李有銘：「她是這裡最紅的女公關，我介紹她給席向認識。」

任達志：「我很早就認識她了。之前我常常來找她玩，她人滿好的……相信你們知道我指的是什麼。」這句話裡含有各方面的含義，是男人都會會心一笑。

此刻卻沒有人搭理他的玩笑話，讓他覺得很無趣。

連奕：「一個禮拜前剛認識，然後她就死了。」

「第二個問題，當晚你們和死者及她的同事一起在包廂裡待了整晚，確有此事？」

席向：「是的。」

李有銘：「我醉了，不太記得有誰。」

任達志：「對啊，不然還能帶回家？」

連奕摸了摸腦袋：「好像……是吧。」

「第三個問題。」徐尚羽眼神銳利。「你們早上醒來的時候，死者是否已經死亡？」

席向：「……是的。」

李有銘回答與前者一致。

任達志：「我不知道。」他回答得太快，惹得徐尚羽都忍不住多看了他幾眼。

連奕：「我是第一時間發現的！聽我說，當時死者的情況是這樣的，她——」

「抱歉，這個稍後再說。」徐尚羽打斷了他的囉嗦。「現在繼續下個問題。」

「第四個問題，為什麼沒有報警？」

這個問題就很敏感了。

席向拒絕回答。

李有銘：「出於各方考量，當時我認為事情能掩蓋下來是最佳的選擇。抱歉給你添麻煩了，徐警官。」非常官腔的回答。

任達志：「我現在不是來了嗎還問當時幹嘛！好好好，我承認，我是怕惹上麻煩。」

連奕：「我想，但是老爸不允許。」好吧，來自廳長的壓力。

「最後一個問題。」徐尚羽道：「你認為誰可能是凶手？」

席向依舊沉默。

李有銘：「任達志。」

任達志：「連奕！」

連奕：「除了我以外的所有人。不過我覺得席向最有嫌疑，老大你覺得呢？」

「……」徐尚羽忍著翻白眼的衝動，對著四人說：「筆錄就先到這裡，麻煩四位先到隔壁包廂等。」

聽到訊問結束，四人立刻起身往包廂門口去。雖然連奕一直用眼神示意想留下來，不過被徐尚羽直接無視了。

看著四人離開並關上門後，徐尚羽鬆了口氣，挨個問下來簡直太考驗他了，他端起一旁的茶水就要喝下。

這時，旁邊突然伸出一隻手，攔住了他。

「別人喝過的，不乾淨。」寧蕭幫他重新倒了一杯。

剛才單獨詢問這四人時，他一直裝作服務員站在最角落，因此觀察到了很多細節。

徐尚羽看向他。「發現什麼了？」

寧蕭瞇了瞇眼：「很多。目前看來，四個人都有嫌疑，而其中嫌疑最大的，就是——」

第二十八章

夜鶯與玫瑰（十）

IT MUST BE HELL

推門而出，新鮮空氣迎面而來，一下子讓人清醒了許多。寧蕭鬆了鬆衣領，輕輕吐出一口氣。

徐尚羽跟在他身後走出，表情有些糾結，追問道：「究竟誰嫌疑最大，你就不能直接說清楚嗎？」

「你問是誰？當然是——」正準備回答，寧蕭頓了一下，看向走廊拐角處懸掛著的監視器。「那個，之前就有了嗎？」

「什麼？」徐尚羽隨意抬頭看了一下。「監視器嗎？一直都在啊。」

「包廂裡沒有監視器，走道裡卻有嗎？」寧蕭感到疑惑，「是為了保護客人，還是……」

徐尚羽聽著他的喃喃自語，問：「有什麼問題嗎？」

寧蕭搖頭。「算了，你不是想聽我分析那四個人嗎？找個安靜的地方吧。」

徐尚羽想了想。「好。」

幾分鐘後，會館一樓酒吧。

徐尚羽打開了壁燈，微暗的燈光照在兩人身上。此時的酒吧，沒有人來往，顯得很清淨。

兩人選了吧檯前的位子坐下。

徐尚羽側頭看向寧蕭。「說說你的高見吧。」

「在此之前。」寧蕭：「我要先問你一個問題。」

「請說。」

「匕首上除了這四個人的指紋，還有其他人的嗎？」

「當然還有。楊芸、蘇儷本人，以及……你。」徐尚羽道：「一共有七個人的指紋。」

「是嗎？」寧蕭摸索著下巴，看上去在琢磨著什麼。

徐尚羽看得心癢，問道：「你是不是有什麼別的想法？」

「想法很多，但還不完整，缺乏很多決定性的證據。單就這四人來看，你認為誰的嫌疑最大？」

「說實話……」

「嗯？」

「我認為這四個人都有嫌疑，尤其是連奕。」

聽見這個回答，寧蕭一下子笑出聲來。「我還以為你最相信的就是連奕，畢竟你們是熟人。」

「我相信他也了解他，正因如此才會懷疑他。」徐尚羽認真道：「我認識的連奕，並不是那種發現了命案後還隱瞞不報的人。無論是父親的壓力或別人阻止，哪怕他不能報警，他也會第一時間告訴我情況。這一次，他沒這麼做。」

寧蕭道：「你還真了解他。」

「有兩種可能。」徐尚羽肅然道：「連奕就是凶手，或者他知道凶手是誰，卻不願意告訴我。」

「你認為他會殺害蘇儷？」寧蕭好奇道：「聽你之前的描述，你應該很信任他，我以為你們是同一類型的人。」都是那種正義感超強、恨不得內褲外穿的傢伙。

「不管從哪方面來看，我們都不是同一類型的人。」徐尚羽苦笑。「重點是，寧蕭，懷疑一個人，與他之前是不是好人、是不是警察或有沒有做過壞事無關。只要有嫌疑，任何人都可能是凶手。」

寧蕭看著他。「包括你？」

「包括我。」徐尚羽說這句話時，眼神微暗。

這個話題再聊下去就偏了，而且似乎牽扯到每個人都不願意提起的部分，寧蕭不想涉及太深，便道：「我反而認為連奕是最沒有嫌疑的人。」

徐尚羽有些訝異。

「無論是他的言語還是反應，我只看到一個興奮的人，沒有其他犯罪者會有的情緒。他在見到你時，也沒有任何的心虛或愧疚，只有期待。」

「期待？」

「是的，我想連奕期待你能破案，而他的回答也告訴了我們。」寧蕭道：「他知道誰是凶手，或者說他認為誰是凶手。」

「你是說席向？」

「在最後問誰是凶手時，你不覺得奇怪嗎？每個人的答案竟然都不同。」寧蕭沒有正面回答。「如果說他們真的不知道誰是凶手，直接說不知情不就好了？問題點在於，所有人都回答了，並提出了不同的人選。」

「一般人在緊張時，會不自覺地多話起來。」寧蕭撫著放在桌上的玻璃酒杯，指尖沿著杯沿，一圈圈地繞著。「明明沒有強迫他們講出人選，但是四個人中有三個人都回答了，這正證明他們當時應該很急切地想要交代些什麼讓警方相信。」

「所以我認為，任達志、李有銘、連奕都在說謊。唯一沒說謊的，只有席向。」

徐尚羽聽到最後，沉默了許久才道：「說謊的原因呢？」

「你認真想想，為什麼凶器上會有他們四個人的指紋？一般人誰會沒事去摸一把匕首？所以，我認為關鍵在指紋。只要知道他們去碰匕首的原因，應該就能抓出真凶了。」寧蕭又道：「不過從他們寧願說謊都要掩飾這一點來看，要撬開他們的嘴很難。」

「這就不用你操心了。」徐尚羽聽到這裡，總算露出了一絲笑容。「找出疑點是你的工作，詢問嫌疑人則是我的工作。只要是個人，我就有辦法讓他開口。」

「……刑訊逼供？」

徐尚羽失笑。「怎麼可能，那是犯罪。」

寧蕭鬆了口氣。

「不過，偶爾採取一些『有效』的方法也不是不行。」

「……」

徐尚羽對他微笑。「放心，我可是一個守法的好警察。」

也不想想，以前是誰為了逼供，竟然還調戲嫌疑人！就是眼前這個守法好警察！寧蕭心裡咆哮著，不過表面上還是保持表情平靜。他發現在徐尚羽面前，有時候自己還是菜了些。

「不過你說席向沒有說謊，那你在他身上看到了什麼？」徐尚羽又接著問道。

「就是……」寧蕭正要開口，突然聽到有人走近，他猛地閉上嘴，和徐尚羽一起看向門口。

噠、噠、噠，隨著一陣有力的腳步聲，出現在他們面前的人是——調酒師馬如。

馬如見到他們，顯然也有些吃驚。

「真沒想到，這時酒吧竟然還有客人。」馬如對著兩人友好地笑道。

「警官們是在討論案情？」

「是的。」徐尚羽大方道：「正進展到關鍵時刻。」

「那豈不是被我打斷了？」馬如致歉道：「我還是先出去好了。」

「不，不用走，是我們占了你的工作場所。」寧蕭看向他。「你身體怎麼感覺冰冰的？」

「啊，我剛剛去取了一些冰，調酒用的。」馬如憨厚笑道：「平常休息時間我都會來練習，不然調酒技術會退步的。對了，兩位要不要喝喝看我調的酒？我請客。」

「不……」徐尚羽正想拒絕。

「我剛好想喝酒，那就麻煩你了。」寧蕭卻搶先一步接下話頭。「不過我想喝基底是九十六年法國產葡萄酒的調酒，可以嗎？」

「那我得去一趟酒窖。」

「沒關係，我願意等。」

「希望不會剛好缺貨。」馬如開了句玩笑後，便起身前往酒窖。

不一會，他拿著幾瓶酒回來了，非常熟練地在吧檯後調製起來。

出乎徐尚羽意料，寧蕭竟然還頗懂酒，還就此與馬如聊了起來。見兩人相談甚歡，他只能坐在一旁發呆。

過了一陣子後，馬如說自己還有事，就先離開了，才又恢復成兩人世界。

等他走後，徐尚羽半是開玩笑道：「看來你和他滿聊得來的嘛，寧蕭。」

寧蕭卻完全沒有回應，反而直盯著馬如離開的方向，神色有些嚴肅。

「寧蕭。」

「嗯？」直到徐尚羽又喊了一聲，寧蕭才回過神來。

徐尚羽放下手中的酒杯。

「你懷疑馬如？」

這反應、這神情，和前幾次破案前一模一樣。

然而，這次等到的卻是否定的答案。

「他？不，我不是懷疑他，而是……」

說到一半，寧蕭又嚥了下去，他抬頭看向徐尚羽，像是做了什麼決定。

「徐尚羽，你相信我嗎？」

「什麼？」徐尚羽一愣，沒想到他會突然問這個問題。

「你相信我嗎？」

「你怎麼了？是發現什麼了？」

「回答我，相信還是不相信！」

見寧蕭如此堅決，似乎只求一個答案。徐尚羽拋開心中的一切疑惑，回望向那雙黑眸，說出兩個字。

「相信。」

言語誠懇，沒有絲毫遲疑。

寧蕭滿意了，他輕輕湊近徐尚羽耳邊，呼出的熱氣幾乎要吹進對方的耳裡。

徐尚羽忍不住想避開，可下一秒，寧蕭說的話讓他頓住了身體。

「等等，你認真的？」徐尚羽驚愕地轉頭問。

「就是這樣。」寧蕭將身體往後退，遠離了對方。「別忘記我跟你說的話，徐尚羽。」

徐尚羽就這樣看著寧蕭，半晌，才笑嘆出一口氣。他摸了摸被寧蕭的氣息吹過的耳朵，壓低聲音。

「好一個任性的傢伙。」

雖然埋怨著，嘴角卻掛起一絲笑意，根本口是心非。

然而這種好心情沒有維持多久。

當晚，包括徐尚羽在內，所有人都得知了一個震驚的消息。

寧蕭，不見了。

第二十九章

夜鶯與玫瑰（十一）

IT MUST BE HELL

呼、呼、呼……

寂靜的黑夜中，寧蕭盡力降低呼吸聲，放輕步伐地走著。

到底是誰殺了蘇儷？

答案即將揭曉。

前方透出微薄的亮光，寧蕭知道答案就在那裡，他忍不住加快步伐前去。

這時——

「果然是你。」冰冷的聲音在寧蕭身後響起。

寧蕭倏地轉身，巨大黑影籠罩住他整個人。

「我等你好久了。」那人說道。

隨即，向寧蕭伸出手……

席向猛地睜開眼，面前是一片白色天花板。

這是哪裡？

他用手撐起身體，另一隻手揉了揉發疼的太陽穴，過了好幾分鐘才想起來。他還在會館，這裡是會館的客房。

席向走到窗前，看著連綿細雨中、一輛輛停在雨中的警車，警方已經將這個會館徹底包圍住，一個人都走不出去。自從那個姓寧的特別顧問失蹤後，這裡就徹底變成了監獄。

沒想到只是出外散心，竟然會遇上這麼大的麻煩。他有些心煩，喉嚨感到乾渴。

轉頭看了看房內，竟沒有半瓶礦泉水，讓他心情更煩了。

席向正猶豫著要不要找人反映自己的不滿時，身上的手機響起了簡訊鈴聲。他拿起一看，是李有銘發的。

不過短短幾字，席向幾乎是屏著呼吸看完的。就在收起手機的下一秒，叩叩叩的敲門聲傳來。

一聲、又一聲，如催命符般。

「席向。」

聽聲音，似乎是之前做筆錄的那個警察。

「我們有話找你談。」

席向打開門，來人果然是徐尚羽。只是對方的表情，比起之前嚴肅得多。

「請跟我們單獨談一次，席向。」

「為什麼？」席向用自己故作鎮定的聲音問：「不是談過一次了嗎？」

「哦，是的。」徐尚羽笑了，卻帶著寒意。「之前算是詢問證人，這一次是訊問嫌疑人。要麻煩你跟我們去一趟警局了。」

事情終於走到這一步了。席向在心裡嘆了口氣，緩緩地鬆開扶著門的手。

「好吧。」

就在李有銘等三人，以及包括陳瓊在內的許多會館工作人員面前，刑警們為席向銬上了手銬，最後帶著他坐上了警車離開。

「沒想到事情還是走到了這一步。」李有銘站在窗前，目送警車駛離。

「虧你還要我們替他隱瞞。」任達志哼哼道：「我就知道，這些警察不是吃素的。就算我們幫忙掩護，遲早還是會查到席向身上。還有——」

他瞥了一眼連奕，幸災樂禍道：「這傢伙一開始就把席向供出來了。喂，連奕，你不怕回去之後你爸找你算帳嗎？」

連奕聽見他的話，笑道：「怕啊。」

「那你還——」

「但是我更怕找不出真凶。」說完，連奕揮手離開。

「什麼？喂喂喂你等一下！」李有銘見連奕沒有停下腳步的意思，嘆了口氣，轉而對陳瓊致歉道：「陳經理，之前謝謝你幫忙了。」

「沒有，我只是清理了包廂，也沒做什麼。」陳瓊陪笑，又有些緊張。

「席、席公子不會有事吧？」

「起碼不會死。」李有銘道：「頂多蹲個十幾年牢吧，要不是這次他鬧出人命，也不至於如此。陳經理你放心，既然你幫了席向這麼多，他的家人一定不會讓警方為難你。」

「啊，好的。」陳瓊連連點頭，非常畢恭畢敬。

任達志看著這樣的他，眼裡閃過一陣譏諷，隨後伸著懶腰離開。「啊，真煩，還要在這裡待多久，凶手不是都被他們帶回去了嗎？」

「至少得等警方找回他們失蹤的特別顧問吧。」李有銘道。

「嘖，誰知道那傢伙跑到哪去了。」

任達志、李有銘、陳瓊接連離開。

席向就是凶手。

所有站在這裡的人，都認定是席向殺死了蘇儷。不，也許不是所有人，還是有人持不同看法。

在他們都離開後，連奕從拐角裡走出，看向眾人離開的方向，綻放出一個大大的笑容。

「凶手是席向嗎？我可不是真的這麼認為。」

笑容並沒有維持太久。在他想起了某件事後，嘴角就垂了下來，甚至有些無奈起來。「唉，老大真是託了個大麻煩給我。」隨即他甩甩手，向樓上員工宿舍走去。

他的目的地是蘇儷的房間。

有來自警方的提示，連奕很快就找到了蘇儷的房間。他試著轉動了一下門把，竟然沒鎖？心裡一喜，隨即又是一驚。他一把推開房門，闖進蘇儷的房間裡翻找起來。

「沒有、沒有……還是沒有！啊啊啊啊！到底在哪裡？」就在連奕找得滿頭是汗時，身後傳來一道聲音。

「你在找什麼？」

連奕身體一僵，慢慢地轉頭看去。陳瓊站在門口，面目表情地看著他。

「如果您想找任何東西，不妨直接告訴我，不必紆尊降貴地跑到我們員工宿舍來。」陳瓊擠出一個微笑「您在找什麼？」

「不不不，我不是想要什麼，而是之前……對！之前我學長有東西丟在這個房間裡，我來幫他找而已。」連奕急忙解釋道。「我學長就是那個……刑警大隊的隊長，就是他請我來的。」

「是嗎？」陳瓊看似接受了解釋。「徐警官在員工宿舍裡掉了東西，應該請身為會館經理的我來拿，為什麼要麻煩您走一趟？」

「因為……他是學長我是學弟，我幫忙是應該的。」連奕揮手。「不過，我找了半天都沒找到。」

陳瓊見狀，好心地道：「掉的是什麼東西？我也來幫忙找吧。」

「也不是什麼值錢的玩意。」連奕隨口道：「一張合照而已。」

「合照？」陳瓊疑惑，好奇道：「徐警官會隨身攜帶合照？」

「我也不知道。」連奕聳肩道：「學長只是叫我來找，也沒跟我細說。」

「這樣啊……」

「既然找不到，大概是他記錯了，我還是去別的地方吧。」連奕拍拍褲子，站起身來。「陳經理，我先走了。」

「好。」陳瓊對他道：「那麼我就在這裡繼續找，也許能找到。」

「麻煩了。」

離開房間前，連奕餘光瞥見他蹲下身，從口袋裡拿出一副手套。

出來後，連奕才鬆了一口氣。他腳步匆匆地跑過走道，心跳得飛快。

沒想到第一次擅闖別人房間就被發現了，出師不利啊！

在他路過樓梯口時，又看到了一個人影。

「你怎麼在這裡？」他問對方。

那人朝他輕輕擺了擺右手，示意不要出聲。

連奕愣了一下，也不再多管，繼續往下走到二樓，這裡站了許多刑警，幾乎快把走道占滿。有的人在給現場拍照，有的在做最後搜查。

這都是在為成功起訴凶手，做最後的準備。

「事情已經到這一步了。」連奕一頓，見陳瓊跟著他從三樓走了下來。

「真替席公子惋惜。」

「是啊。」看著忙忙碌碌的警員們，連奕跟著嘆道。

「那我就先去忙了，如果您有需要再跟我說。」陳瓊向連奕微微點頭示意完，就離開了。

待身旁沒有人後，連奕再次抬頭，看向二樓和三樓的樓梯口處，剛才的人影已經不見了。只有樓梯處的窗戶還在微微閃動，窗外雨勢漸大。

當晚，是所有人被關在會館的最後一夜。過了今夜，只要席向認罪，無辜的人就可以離開。

然而，事情並非如此順利。

一聲淒厲的驚叫徹底打破了夜裡的寂靜！

眾人前去查聲音來源時，只看到鄭盈盈跌坐在三樓走道上，而在她面前，一條血痕正從蘇儷的房間溢出，逐漸漫溢至走廊。

「是、是她！是蘇儷！」鄭盈盈爬向離她最近的一個人。「蘇儷，她回來了！她回來報仇了！」

在女人尖銳的嗓音下，眾人臉色都變得蒼白。

難道，真的是她回來索命嗎？

第三十章

夜鶯與玫瑰（十二）

IT MUST BE HELL

「我醒來的時候，那把刀就已經在手裡了。」

席向向站在他對面的趙雲和陸飛解釋道。

「我不是凶手，我是被陷害的，相信我！」

「那之前做筆錄時，你為什麼不直接說出來？」趙雲問：「直說是被人陷害，也比一直沉默好吧？」

「……因為記不清了。」

「什麼？」

席向揉著太陽穴，露出一絲疲憊。「那天大家都喝醉了，我自己也醉得一塌糊塗。說實話，一開始看見刀在我手裡，那個女人又躺在血泊中，我也一度以為人是我殺的。」

「喝醉了還有力氣割破動脈？我可不認為你做得到。」趙雲看了下之前的筆錄。「最起碼，李有銘比你了解這點，他就直接說自己醉了，好洗脫嫌疑。」

「李有銘。」席向喃喃念著這個名字，抬頭看向兩名刑警。「提議讓任達志他們替我作偽證的人，就是他。」

「你是想說，李有銘可能是凶手？」陸飛眼前一亮。「他故意說要幫你做偽證，反而加大了你的嫌疑。如果是真凶，這麼做的確合理。」

「不。」席向否定道：「我不認為是他，我相信他也不會認為是我。」

「那他為什麼要陷害你？一般來說不都是官商勾結……啊，抱歉。」

陸飛捂住嘴，歉意地笑了一下。「不小心說了句實話。」

席向看了眼不知是故意還是有心的刑警一眼。

「我只是一個普通人。」

你可不是什麼普通人，放在古代，你就是皇親國戚啊。陸飛忍不住在心裡吐槽。

席向像是看穿了他的心思，道：「無論我父母有多高的職位，那是他們靠自己的努力得來的。我祖父只是一位木匠，我祖母也只是前朝達官貴族家的女僕。我的身分並不高貴，即使是在前朝，最多也只是奴僕的子嗣。」

陸飛一下子尷尬起來，不知道怎麼回答。

席向說出自己的家世，並沒有博取他人同情的意思。「我祖父母曾經的地位，與我父母如今取得的成就無關。同樣，我父母的成就也與我無關。即使我是他們的孩子，也只是一個普通人。」

雖然有時難免會因為父母的緣故而享有特權，但是歸根結柢，那些人也只是想藉由討好他來得到他父母的幫助。

嚴格來說，他比較像是工具。

「我這樣的身分，難免也會被別人利用。」席向的話，點醒了兩名刑警。

趙雲皺眉。「你的意思是……」

「真凶之所以要陷害我，除了想要利用我來為他遮掩耳目外，最大的目的就是引起騷動。」席向道：「這場騷動背後，或許他們還有別的目的。」

「他們？」

「沒錯。」席向道：「我認為這場命案的幕後，有一個組織在操作著。」

趙雲與陸飛對視一眼，暗暗心驚，真是不能小看來這傢伙。

「那麼，席先生。」陸飛微笑著向席向伸出手。「話都說到這個地步了，不如你幫我們一個忙如何？既可以洗清你的嫌疑，也可以找出真凶。」

席向看向他，眸中閃過光芒。

「樂意之至。」

地點回到會館。

在被鄭盈盈的半夜驚叫吵醒後，所有人都沒了睡意。

第一時間趕到現場的陳瓊，看到的就是鄭盈盈驚恐地跌坐在地、無力大叫的模樣。

「冷靜一點。」陳瓊輕輕拍著鄭盈盈的後背。「妳究竟看到了什麼？」

「我、我半夜出來上廁所，經過蘇儷的房間，聽見裡面有聲音，就忍不住往門口看了一眼，然後就……」鄭盈盈指著房門口的血跡，不肯再說下去。

陳瓊放下她，起身看向蘇儷的房門。鄭盈盈還在繼續喊著鬧鬼、厲鬼索命之類的話。但是怎麼可能，世上怎麼可能真的存在鬼怪？

「我們要進去看一下。」幾名刑警對視一眼，對陳瓊道。

「我去拿鑰匙。」陳瓊點了點頭，回房間拿了一串鑰匙來。

警隊的人在最前面，會館的人站在旁邊。所有人都屏住呼吸，看著一名刑警用鑰匙打開門，再輕輕推開。

吱呀——

木門發出的聲音，聽得人心裡發寒。同時，窗外打下一道閃電，眾人看見床上的痕跡時，更是毛骨悚然。

鄭盈盈忍不住又尖叫起來。其他人也被面前的景象嚇呆了。

床上、牆壁、天花板上，滿是腥紅色的液體。屋內甚至瀰漫著一股詭異的清香。

即便膽子再大的人，看到眼前這一幕也不寒而慄。曾見過蘇儷死亡現場的人們，更是怕得瑟瑟發抖。

因為眼前景象，和蘇儷的死亡現場一模一樣。

一名刑警第一時間衝到窗邊查看，道：「窗戶是鎖著的。」

那就不可能是外人翻進來惡作劇。究竟是誰，將這個上鎖的房間弄得遍地血腥？

厲鬼復仇，真是如此嗎？

剩下的人互相對望，都在彼此眼中看到了驚恐。任達志幾乎要精神崩潰了，這個紈絝少爺似乎膽子很小。

「我受不了！一定是有人在惡作劇！」他想衝進屋裡，把那些亂七八糟的血跡都弄掉。

刑警們將他攔在屋外。「這些都是重要物證，無關人等不准進入。」

待警方封鎖蘇儷的房間後，所有人都被請到了一間包廂中。

即便這麼多人聚在一起，包廂中卻安靜得過分，眾人似乎還沒有從剛才的驚悚回過神來。

就在此時，鄭盈盈突然冒出驚人的話語。

「會不會那個失蹤的特別顧問，就是被蘇儷殺了？」

「一定是蘇儷認為警方辦案效率太差，所以把那個人殺死藏了起來！

下一個會不會就是我們？」

「你們說啊！」

沒有人理會她，畢竟這些言論實在太過荒謬。

然而，鄭盈盈的下一句，卻嚇到了所有人。

「哈哈哈，我知道蘇儷下一個要報復的對象是誰了。」鄭盈盈指著所有人大笑道：「你們看！馬如不在這裡，出了這麼大的事，他竟然不在！下一個絕對就是他！等著看吧，所有人都不能逃過厲鬼的復仇，所有人！」

在鄭盈盈歇斯底里的呼喊下，在場的人也察覺到了這個事實——馬如不在。

從出事到現在，他完全沒出現過。驚慌，漸漸在眾人心頭蔓延開來。

「必須跟警方說。」李有銘站起身。「有人缺席，也許是出了什麼意外。我去找警察，讓他們幫忙找人。」

連奕跟著站起。「我和你一起去，兩個人比較安全。」

李有銘點頭，隨即一同離開了包廂。

十分鐘後。

「他們怎麼還不回來？」任達志在原地轉了好幾圈，忍不住道：「都過這麼久了，那些警察也沒來問一聲，連奕和李有銘也沒回來，不會真的出事了吧？」

「也許他們還在商量。」陳瓊道：「不行，我得去問問情況。有人要和我一起去嗎？」

沒人回答。

「那我先去了。如果我沒有回來，就……」陳瓊要打開包廂大門時，連奕回來了。

「告訴你們一個消息！」連奕喘著氣道：「就在剛才，席向認罪了，他承認是他殺害了蘇儷！」

一語驚醒眾人。

陳瓊看向他，又看向他背後。「李有銘呢？他不是和你一起離開的？」

「什麼？」連奕錯愕。「五分鐘前我就叫他先回來了，你們沒看到他嗎？」

所有人面面相覷，寂靜如毒藥一般窒住他們的呼吸。

又一個人不見了。

「為什麼席向都認罪了，還發生這種事！」任達志再也受不了了。「如果真的是鬧鬼，這該死的女鬼，是想殺死我們所有人嗎？」

一個接一個地抓走活人。

躲藏在黑暗中的惡鬼，簡直就像是用行動表達──

「不，不是他，凶手不是他！」

直到找出真正的凶手為止，她不會停下。

第三十一章

夜鶯與玫瑰（完）

IT MUST BE HELL

恐慌徹底在會館內擴散開來。

在得知李有銘也失蹤的消息後，眾人徹底慌了，不僅女員工們不敢獨處，男員工們也是。不得已，警方只得安排女員工們在一個房間，男士們在另一個房間，門口由刑警們輪班看守。

即便如此，眾人還是很驚恐不安。

半夜，任達志想去廁所，卻不敢一人出門。

有人在身後笑他。

「怎麼跟個小女生一樣啊，還要找人陪你上廁所？」

任達志回頭一看，連奕半靠在椅子上，似笑非笑地看著他。

「你就放心地去吧。」連奕站起身，手插口袋，走了出去。「外面那幫刑警會幫你守門。」

「你、你要去哪裡？」

「去廁所啊。幹嘛，你要一起來？」連奕吊兒郎當地說著，推門走了出去。

任達志連忙緊跟在他身後，出去一看，連奕早就不見了。旁邊站著兩個刑警，一左一右正同時看著自己。

「你們不跟著他？」

「他說不需要。」一個刑警回道：「但他說你需要，我們其中一個人會陪你去。」

語畢，另一個刑警向前站了一步。

「走吧，任先生。」

任達志覺得丟臉，但又不能說什麼。他的確是不敢一個人去，只能低著頭讓刑警陪著去廁所。

在走到二樓的廁所時，任達志卻沒有看見連奕。心裡還奇怪他怎麼不在，難道是去一樓了？算了，管他要去哪個廁所。

任達志拉開褲子拉鍊，便開始上了起來。

「呼……」上完小號，他只覺得渾身都輕鬆了。哼著歌走出廁所，還沒走到一半，廁所的燈突然暗了。不，是整個會館都停電了。

視線陷入一片黑暗，遠處還隱隱傳來女人的尖叫聲。任達志邁出去的腳停住了，他艱難地摸黑走到門口，喊：「警、警察，你還在嗎？喂，人呢！」

沒有人回答。

任達志害怕歸害怕，不過也覺得一直待在廁所也不是辦法，便胡亂摸索著，想要沿著牆壁走出去。

好不容易摸到牆壁時，他卻猛地哆嗦了一下。黑暗中，好像有什麼東西在窺視著他。那視線冰冷陰沉，彷彿是來自深淵的厲鬼。

任達志雙手發顫，努力將自己貼往牆壁。黑暗中那不知名的野獸似乎越逼越近，漸漸地，利爪已經到了身前。任達志驚恐地閉上眼，絕望地等待死亡來臨。

「什麼人！」一道光芒照來，是手電筒的光。隨即，是幾名刑警小跑過來的腳步聲。「誰在那裡！」

任達志猶如看見了救星，連跑帶爬地往光源方向跑去。一把抓住最近的一個警察，忍不住哀號起來。「救救我！快！他要來殺我了！」

「任先生，你冷靜一下。」刑警們用手電筒照向他背後，空無一人，只有一片月光透過窗戶撒落在地。「你背後什麼都沒有啊！」

即使不回頭看，任達志也知道。那隻潛伏在黑暗中的野獸一定還躲在角落，只要它逮到機會，肯定還會再來襲擊自己。

不能再這樣下去了，為了保住性命，只能這麼做了。

「我告訴你們！殺死蘇儷的真凶不是席向，是別人！」被任達志抓住的刑警們驚訝地對視了一眼。

「任先生，你知道你自己在說什麼嗎？。」

「我知道！」任達志連忙續道：「那天晚上其實我沒有非常醉，我迷迷糊糊間看到了凶手。只、只是……我怕凶手來找我，所以我才聽了李有銘的話說謊。」

「那麼，凶手是誰？」

背後的黑暗裡，幽幽傳出一道聲音。

任達志大叫一聲，躲到兩名刑警身後，想要尋找一絲安全感。

然而，刑警們沒有庇護他，而是齊齊站直，向黑暗中走出來的人敬了個禮。

「隊長！」

隊、隊長？任達志愣住了，呆呆看著從黑暗中走出的徐尚羽。這個警察不是和席向回警局去了嗎？怎麼會還在會館？

徐尚羽看著他，微微一笑。「你剛才說看到凶手，他是誰？」

「不，我沒有看清。」任達志忙道：「我只是看到他帶著白手套！」

「果然是他。」徐尚羽此刻，終於定下心來。

「隊長。」這時一名刑警湊近徐尚羽身邊耳語。「剛才停電時，又有幾個人不見了。」他輕聲嘀咕著，說出了幾個人名。

徐尚羽不以為意。「不用管，反正凶手就要落網了。」他說著，又要離開。

身後的幾名隊員連忙呼喊。「隊長，你還要去哪裡？」

徐尚羽背對著他們揮一揮手。「去接應一個任性的傢伙。」

接著，他再次融入黑暗中，消失不見。

同一時間，男員工和女員工休息的房間又經歷了一場混亂。因為在供電恢復後，又有幾個人不見了。

鄭盈盈、連奕，加上還沒有回來的任達志，一共消失了三個人。混亂驚慌中的人們再也待不下去，紛紛提出要離開會館。刑警們勸阻無效，只能在門口盡力攔住人群。可是不知道是誰先動的手，一名刑警被推，接著兩個、三個，越來越多人突破阻擋，向著樓下大門而去。

「一組封鎖大門！」

「門外警力注意，不要讓他們出去！」

「不要造成人員受傷！」

刑警們忙著和隊友無線電聯絡，整個會館陷入一片混亂。

在這樣的混亂中，有人卻用驚恐的人做掩護，悄悄地向樓下走去。走過一樓，又邁著輕聲的步伐走向酒吧。黑影四顧無人，抬腳向酒吧後方的地下酒窖走去。

推開木質的大門，芬芳的酒香瀰漫在空氣中。然而在這股醉人的酒香中，似乎還有另一股味道——隱隱的腐臭。

黑影輕輕關上大門，抬腳向一排排堆放著的木桶走去。它輕輕地敲打著每一個木桶，注意裡面傳出來的聲響。

噠噠。

噠噠。

噠噠、咚。

就是這個！

黑影停在一個木桶前，小心翼翼地用刀在蓋子四周劃了一圈，將蓋子掀了起來。映入眼簾的，不是如紅寶石般的香醇葡萄酒，而是一具屍體。

看到這個藏在酒桶中的屍體，黑影似乎鬆了一口氣，它伸出左手，想將屍體的臉抬起來仔細觀察。

「你在幹什麼！」

這時，門外傳來一陣低喊。

黑影迅速抬頭，帶著白手套的左手緊抓匕首，想要向堵在門口的人影衝去，解決這個意外。

黑暗中倏地伸出一隻手，緊緊制住了他。

黑影吃痛，匕首掉落，被另一個人抓在手裡。他驚訝地回頭，看見原本浸泡在紅酒裡的屍體，竟然睜開眼看著他。

屍體對著黑影笑了，露出一口白牙。

「沒想到吧，世上還真的存在厲鬼。」

什麼?!

頓時，屋內所有的燈都打開了。

燈光打在黑影身上，照亮了所有人的身影。

馬如打開燈後，從門口走近。

「果然如你所說，他早就知道屍體被藏在這裡了。」

「因為你太不小心，每次來酒窖查看屍體，身上總會留下味道。」酒桶內的人站起身，豔紅的酒順著他的肌膚流下。「連我都會發現，這個處心積慮殺死蘇儷的人怎麼可能沒發現？他只不過是一直沒找到好時機把屍體運走罷了。」

寧蕭看向被自己緊緊扣住的傢伙，笑道：「你說是嗎？陳瓊。」

陳瓊臉色蒼白，緊咬著牙看向寧蕭，不再試圖辯解，只是問道。

「什麼時候發現的？」

「什麼時候？」寧蕭反問。「你是說注意到你總是帶著白手套的時候，還是發現席向體內殘留的安眠藥的時候，又或是從鄭盈盈那裡發現了你和蘇儷合照的時候？」

寧蕭每說一句，陳瓊臉色就慘白一分。他沒想到自己露了這麼多破綻。

「用安眠藥迷倒四名有背景身分的男人，在所有人神智不清時殺死蘇儷，甚至把凶器塞到席向手裡，找人當你的替死鬼。不得不說，思慮得很周到。」寧蕭道：「不過很可惜，你選錯了時機，又不小心遇到了我。凶器上留下指紋的人，不一定就是真凶。這一點，相信沒有人比我更明白。」

陳瓊狠狠地看著他。「不！如果不是楊芸……沒有她多此一舉，你們就不會注意到我！」

「世上從來沒有如果。」寧蕭譏諷道：「正是你沒想到的楊芸，將你和蘇儷的合照交給了鄭盈盈保管，還將蘇儷的屍體偷出來交給馬如，最後用自己的死引來了我們。陳瓊，你還沒發現嗎？即使你再厲害，也不可能贏。她有值得信賴的朋友幫忙，而你在殺死了唯一愛你的女人後——沒有人站在你這邊！」

「愛？」陳瓊譏笑，「這些在汙泥裡打滾的女人，會懂得愛別人？她配嗎？如果她愛我，她就不該拒絕我！不過就是讓她陪幾個人睡，她不僅不給面子，還害我得罪了重要的客人！她愛我，為什麼還要反抗？你說這個婊子是愛我？哈哈，既然愛我，就為我去死啊！」

寧蕭看著眼前瘋狂的男人。

他才是那個不懂的人。

不懂一個懷了孩子的母親，對孩子的愛，對心上人的失望；不懂一個淪落風塵的女孩對朋友的仰慕與珍惜，不惜以死來揪出殺死朋友的真凶；不懂一個沉默的調酒師，在看到兩個孤獨無依的生命相繼凋零後，選擇不再沉默。

他永遠不會懂，身處寒冬的夜鶯，嘔心瀝血只為得到一朵玫瑰的渴望。

「告訴你一個新消息。」寧蕭湊近他耳邊，輕聲道：「不久之後，刑事鑑識中心就會幫蘇儷肚子裡的孩子做出親子鑑定。到時候，這會成為另一個送你上死刑場的證據。」

陳瓊臉色更白了。顯然，他還不知道蘇儷懷孕的消息。或許直到此刻，他才明白，為何那夜蘇儷會拒絕他的安排。

刑警們與寧蕭布下重重陷阱，終於讓這個傲慢自負的凶手自投羅網。

在說話期間，外面的刑警已經將酒窖團團包圍。陳瓊明白事情到了這一步，已經沒有轉圜的餘地，便絕望地低下頭。

「你後悔嗎？」

在刑警們帶著他出去時，寧蕭問：「為了金錢權勢，殺死一個愛你的女人，後悔嗎？」

陳瓊沒有回答，直到刑警們將他帶出地窖，仍一直沉默著。

只剩寧蕭待在酒窖裡，他舉起手，看著順著手臂滑下來的一滴紅色液體，輕輕伸出舌，將它舔去。

甜蜜又苦澀的滋味，在嘴裡蔓延。

陳瓊被刑警們帶走，案情到這裡似乎終於告一段落。警方開始撤離，被監視的人們也被允許離開了。

然而，黑暗中似乎還藏著什麼。從頭至尾，潛伏在暗中的某人坐在監控室，看著螢幕上散去的人們，也起身準備謝幕。

「這個時候就讓客人離開，豈不是顯得很失禮？」身後驀然傳來一聲調侃，監控室內的人抬起頭，看著站在窗前向他望來的那個人。

那人是從窗戶外翻入的，沒有被監視器拍到，因此屋內的人毫無察覺。

「戲好看嗎？」翻牆而入的人笑道：「讓你看了這麼久的戲，是不是也應該繳一點費？」

窗外的雨打濕了全身，徐尚羽看著眼前的人，不敢有絲毫放鬆。

「我早該想到，可以密切接觸楊芸、蠱惑她自殺，從幕後推動這齣戲而不被懷疑的人，除了你，還能有誰？」他看向屋內的人。「不過我想不通，你身分地位高也不缺錢，究竟是什麼讓你為他做事？李有銘！」

「我就知道，你和寧蕭都不見蹤影，肯定有問題。」被指名的李有銘沒有回答，而是微微一笑。「等你好久了，徐警官。」

他笑著，從懷中掏出一把槍，對準徐尚羽。

「可惜，再見即是永別。」

黑洞洞的槍口對準徐尚羽，李有銘輕聲道：「晚安了，警官。」

砰！

一聲槍響，傳遍整個會館。

還在酒窖內的寧蕭突然心悸，猛地捂住胸口，抬頭望向樓上方向。

「徐尚羽！」

第三十二章

提摩爾的初敗

IT MUST BE HELL

早在樓梯口遇到那個收拾床單的年輕員工時，寧蕭就起了疑心。

每次都是這樣，在他遇到難題而又躊躇不前時，總會出現一個人或證據來解開他的難題。自從張瑋瑋那次事件後，寧蕭就已經對這種巧合有所懷疑了。

所以在遇那個年輕員工時，他就猜到可能是赫野故意埋下來的暗探，但是為了順藤摸瓜，他並沒有聲張。

他任那個員工離開，想看看能不能從他身上得到有關赫野的線索。誰知第二天，他就再也沒見到那個員工了。

果然是赫野埋下的暗探。

在發現寧蕭起疑後，他們毫不猶豫地撤走了這枚棋子。

讓一個獵物跑了，寧蕭心裡有些懊惱，但是他並沒有放棄。在破案的同時，他不動聲色地觀察著周圍人的表現。

在連奕四人做筆錄時，寧蕭注意到了李有銘。身為一個企業家之子，在無利可圖的情況下，怎麼會想出一個自己也會受到懷疑的手法呢？而且他似乎暗中與陳瓊有聯繫。這樣想下來，此人可疑度就大增不少。

所以寧蕭在使出最後一計時，額外交代了徐尚羽一句——要密切注意李有銘的行為及去向。

自己只是希望盡快抓住赫野的爪牙，他從沒想過，讓徐尚羽遇上生命危險！

從酒窖向樓上狂奔時，寧蕭的心也在狂跳著。如果徐尚羽真的出了什麼意外，他絕對無法原諒赫野，還有自己！

將其他聞聲而來的刑警們都甩在身後，寧蕭衝上三樓監控室，第一眼就看到一個躺倒在地上的人。

寧蕭黑色的瞳孔猛地縮緊。

「徐尚羽！」

「啊！疼疼疼！」被他扶起的人捂著流血的胳膊呻吟：「我說這位先生，你的力氣能不能小一點，我的手都快斷了。」

不是徐尚羽！

寧蕭有些後知後覺地看著他扶著的人，同樣幹練的短髮、結實的身材，但絕不是某個壞心眼的刑警！眼前這人，不正是和任達志一同去了廁所、卻半途不見的連奕嗎？

徐尚羽和李有銘都不在，他們肯定是到外面去了。寧蕭看著窗外逐漸停下的暴雨，心裡有些焦急，抓住連奕的手也逐漸鬆開。

「啊！痛！」連奕被寧蕭一把放在地上。「喂喂，看到不是老大就這麼差別對待嗎，好歹我也是為了保護他受傷的耶！」

後面的刑警跟上來，連忙喚人過來幫連奕處理傷口。

「不用看了，他們早就跑遠了。」見寧蕭一直盯著窗外，連奕道：「李有銘那小子見事情敗露，想把老大殺掉，還好那時我躲在窗外，及時拉了老大一把。除了我被子彈劃傷外，老大沒受傷，他去追逃跑的李有銘了。」

寧蕭攀到窗戶外，見外壁上還留有攀爬的痕跡。三樓的窗口有水管和牆壁上的擋雨臺，可以輕易地翻到一樓。他收回視線，看向連奕。

「李有銘一定還有幫手。徐尚羽就這樣一個人追去了？」

連奕看著他，咧嘴一笑。「寧蕭是吧？你可別太小看老大。即使對方手上有槍，在這種時候，我還比較擔心李有銘的安危。」

聽他這麼說，寧蕭的心總算安定了一點。

下一刻，外面接二連三地響起了幾聲槍聲，最近的一聲，甚至是從會館大門外傳來的。

寧蕭臉色一變，轉身對刑警們道：「陳瓊呢！」

所有人臉色大變，紛紛向樓下跑去。

待刑警們跑到會館外查看時，只看到一具屍體。陳瓊的太陽穴被一擊穿透，早已沒了聲息。

一名刑警上前查看傷口，道：「這種口徑，還有邊緣的焦痕，是狙擊槍！狙擊手應該就在附近！」

砰！

又一枚子彈落在刑警腳邊，這是警告！

所有人都緊張起來，刑警們連忙帶著寧蕭退回會館，將屋內窗簾全都拉上。在確定狙擊手撤離前，最好一步都不要踏出會館。

寧蕭緊盯著陳瓊的屍體，直到會館大門在他眼前關上，視線也沒有轉離半分。

又是這樣，每當他找出凶手，最後這些人總會死在赫野手中。之前是張明，現在是陳瓊！赫野布下了局讓他來解，等他一解開謎題，他卻破壞了整個棋面。

簡直像是在說——這是我的謎題，我願意讓你解，你才可以解；我不願讓你解，就不要妄想干涉半分。

從始至終，他們都在赫野的擺布之下。

寧蕭望向大門，眼中的怒火越加旺盛。他幾乎可以想像，躲藏在層層帷幕之後的赫野是如何從容地布局，用手中人命做棋子，與自己玩一場你追我趕的遊戲。人的性命，都被他視作兒戲。

這傢伙，完全就是個毫無人性的瘋子。

滴答。

似乎有雨水輕輕滴落在門外地上，濺起一小片水花。

寧蕭突然屏住呼吸，細聽著門外的動靜。

安靜下來後，屋外的雨聲、屋內的鐘聲，以及身邊每個人的呼吸，都在耳邊清晰可聞。

他聽到了，就在這道門外，有另一個人的呼吸聲。

那聲音輕緩有序，像是一隻雄獅在巡視領地時，從胸腔裡發出的吹動鬍鬚的聲音。寧蕭聽著這沉穩有力的呼吸，不知為何，他第一時間想到的人，竟然是赫野。

與他在警隊外見面時的赫野，也帶著這樣平穩的呼吸節奏，笑著上來打招呼。在寧蕭家裡與他告別時，那個人仍是如此。

不疾不徐、沉穩有度，這種呼吸頻率是赫野留給寧蕭最深的印象，彷彿無論發生什麼事，都不會打亂他的節奏。

赫野，現在與他只有一牆之隔，就在這道門外嗎？

寧蕭緊握拳頭，用指尖帶來的疼痛提醒自己。不要在此刻推門而出，不要在這時候衝出去，即使赫野真的在門外，現在也不是抓住他的最佳時機。

那個潛伏著的狙擊手說不定正伺機等待著，將槍口對準了這裡。

因此他不能出去，不能再讓那個瘋子奪走任何人的性命！

不知過了多久，寧蕭再次回過神時，門外傳來一陣急促的跑步聲，接著是一個熟悉的聲音。

「他們已經走了，沒事了！」

徐尚羽的聲音隔著門傳入，頓時讓寧蕭放下了全身的戒備。不只是他，徐尚羽的安全回來，定下了每個人不安的心。

大門被打開，再來就是特勤隊的人逐一排除附近的狙擊點，徐尚羽與刑警們一直守在周邊。

直到雨停，沒有再響起另一聲槍響。

李有銘與赫野的人就這樣消失在雨夜裡，彷彿他們從不曾出現過。

徐尚羽和隊員們則忙著處理後續事項，其他人則被安置在沙發上休息，等待警方後續安排。

直到太陽升起，在雨中奔波了大半夜的徐尚羽才有空休息。他走到寧蕭身邊坐下，被淋濕的衣服很快就將沙發沾濕了。

寧蕭瞥了他一眼，確認這傢伙的確是毫髮無傷。昨晚那麼多槍聲，真不知道他怎麼辦到的，也許如連奕所說，他的確身手了得。

「你渾身濕透，不去換件衣服？」

徐尚羽聞言，看了他一眼，笑道：「彼此彼此，而且你不僅濕透，身上還有一股酒香，豈不是美酒佳人？」

寧蕭卻沒有理會他的調侃，雙手撐住下巴，沉默了半天，道：

「小說中，提摩爾初登場時的失敗，就是他雖然找出了凶手，卻讓他跑了。」寧蕭道：「陳瓊的屍體被他們帶走了，是不是？」

徐尚羽不再調笑，認真地看向他。「你想說什麼？」

「這是赫野的示威，他在告訴我一切都在他的掌控之下。哪怕我找出了凶手，他也會像小說裡那樣，讓我嘗到失敗的滋味！」寧蕭握緊拳。

徐尚羽聽完，不以為意地笑。「我不這麼認為。寧蕭，你覺得赫野為什麼會動用狙擊手？」

什麼？

「為什麼在動用了狙擊手後，他才敢出面將陳瓊帶走，而不是像上次那樣直接過來搶人？」

徐尚羽看向寧蕭。

「我不知道。」寧蕭思索了一下，搖搖頭道。

「這一次李有銘被識破，大概也在他們的意料之外。他們要搶走凶手示威，卻是用狙擊手把你們逼退，才敢過來搶人。寧蕭，在我看來，至少在你的推理完全落幕前，赫野本來都不打算用武力干涉的。你和他之間，比的是腦力，動用武力就等同作弊，是在向人示弱。

「為什麼赫野明知如此，還要破壞規矩，你還不懂嗎？」徐尚羽看向寧蕭，目光灼灼。「因為他害怕你啊，他怕直接面對面的較量，會在你面前留下更多線索。」

寧蕭回看他，倏爾一笑。

「你總是在失敗時這樣安慰自己嗎？徐警官。」

徐尚羽挑了挑眉。「你是第一個享受這種待遇的。那麼告訴我，你還在沮喪嗎？紅酒美人。」

寧蕭聽見這個稱呼，故意皺起眉頭。「雖然現在不沮喪了，卻感到很反胃。」

聞言，徐尚羽大笑。

寧蕭看著他，也露出了笑容。

還有一句話，寧蕭沒有說——提摩爾的初敗，也是唯一的一次失敗。

自那以後，再也沒有任何凶手能逃脫他的掌心。

赫野。

寧蕭看著掌心的紋路，暗暗發誓。

絕對不會讓他繼續得意下去。

黑夜中，那隔著門扉的呼吸聲，卻彷彿一直在耳邊迴盪。

久久不散。

——《我準是在地獄02》完

番外

浮生・一

IT MUST BE HELL

人生，不過百年。相遇，只逢一瞬。

碌碌終生，皓皓天地，論個人，不過滄海一粟，朝夕即逝。

赫野自小就明白這個道理。

而他，不甘心做一顆無人注意的塵土，更不甘心在這一成不變的世界裡做一顆無人注意的塵土。

那麼首先，他需要改變自己。

當對自己的改造已經足夠之後，需要改變的就是這個世界了。

「如果你無法改變世界，那麼你就需要改變自己，適應世界。」

寧蕭為徐尚羽盛上一碗米飯。

「而無法改變世界，又不願改變自己的人，只有白飯吃。」

徐尚羽一臉不情願地手握碗筷看著眼前的番茄炒蛋，雞蛋是鮮嫩的黃色，番茄汁透著誘人的紅，如果不是它嘗起來實在太過甜膩，他大概會看在賣相的分上給個五分。

「世界上怎麼會有甜味的番茄炒蛋?!」徐尚羽不敢置信道，「簡直像是放了一整塊肥肉的粽子！」

「肥肉粽很好吃。」寧蕭也端著碗筷坐在他對面，「另外，我家只有甜的番茄炒蛋，你不喜歡可以回自己家吃。」

會館事件結束後的第一個週末，徐尚羽自詡為寧蕭的救命恩人，非要厚著臉皮上門吃飯，因此也吃到了人生中第一頓番茄糖炒蛋。作為從小吃鹹的番茄炒蛋的徐尚羽來說，無異於又打開了一扇新世界的大門。

他抬眼看了一下寧蕭家裡不到一坪的廚房以及堆滿了三公尺高的雜物，放棄了自己再做一道料理的想法，悶頭吃起了飯。

「那麼，對於我的意見，你有什麼想法？」

他當然不是光為了吃飯而特地上門，而是另有要事。

自從上次會館事件結束後，注意到「赫野」的人不僅是他們兩個了，上面吩咐徐尚羽建立專案小組，專門負責與「赫野」有關的刑事案件，而寧蕭作為特邀專家，自然也在這個小組裡。

考慮到赫野作案的特殊性，徐尚羽這次是來建議寧蕭暫停連載的。

「已經寫完的就算了，我們已經買了一套你的作品，每個人分了一本研究中。但是沒有寫完的或者說還沒有動筆的，你……咳，能不能不寫了？」徐尚羽咳嗽了一聲，多少也知道自己的想法有點過分，畢竟寧蕭是靠寫小說吃飯的，這等於是斷了他的經濟來源。

「當然，為了彌補，我們會支付津貼。」

「多少？」

「二萬五吧。」

寧蕭眉頭一皺，「二萬五千美金？」

「咳咳咳，怎麼可能！我的薪水都沒有這麼高好嗎！」

寧蕭皺眉看著被嗆到的徐尚羽，「那我拒絕。貴局給的這點津貼根本不夠我生活，房租、水電、每個月的日常開銷，還有我書店的租金，二萬五遠遠不夠！」

「你那個書店不賺錢還倒貼租金，真不明白你開店的意義是什麼……」徐尚羽嘀咕道。

寧蕭斜睨了徐尚羽一眼，說：「因為我的夢想就是開一家書店，然後當一個宅在書店裡的死宅，每天揍揍來書店裡搗蛋的小鬼，整理我自己喜歡的書，有一天遇到一個同樣喜歡書籍的女孩，然後我們聊天談笑、志同道合，她十分欣賞我的觀點，也喜歡看我的小說，而我……」

見對方沉浸在自己的思緒裡，徐尚羽眼神古怪地看著他，提醒道：

「你有沒有發現──」

「嗯？」

「──這個『女孩』的人設，除了性別外，都可以套入赫野。」

「……」

沉默了。

因為聽起來很實在。

寧蕭站起身，收起徐尚羽身前的碗筷。

「吃完了沒，吃完了就回去吧。」

「唉唷，不要這樣嘛。」

「好走不送。」

寧蕭把徐尚羽推到門口，就要關上門。

「等等、等等！」徐尚羽趕緊卡住門口，「你真的不再考慮一下嗎？說真的，寧蕭，要是你覺得津貼太少，我可以再去幫你爭取一下，實在不行，我個人也可以補貼給你。但是暫停小說連載的事，你可以再認真考慮一下嗎？寧蕭、寧——」

砰！

門在眼前關上，也把徐尚羽聒噪的聲音關在了門外。寧蕭背靠在門上，看著桌上凌亂的碗筷。

許久，發出一聲輕笑。

「他十分欣賞我的觀點，也喜歡看我的小說，而我也終於找到一個可以傾訴的對象。」

不用徐尚羽提醒，寧蕭早就發現了，他與赫野在思想上十分地……類似。

小說走向、故事發展、最後結局，作者在安排這一切時，總會自覺或不自覺地代入個人的價值觀。

一個悲觀主義的作者，即便去寫喜劇，字裡行間也會充斥著黑色幽默般的傷感，而寧蕭的作品裡透露出來的是——厭世。

生存是無意義的，俗世的快樂是虛無的，世界本身更是無價值的。

在早期的幾本小說裡，都多多少少地透露著這樣的厭世觀。而與一半青少年的無病呻吟不同的是，寧蕭是清醒地認識世界後做出的判斷。

即便人類能因為一時的交往、性愛、成就獲得快樂，卻不過是短暫的自我滿足，是腦內啡造成的效果；生活的本質實際上是生產與消耗、繁衍與死亡，在這一點上，人和動物毫無區別。

一個人養育子女，子女養育子女的子女。

人類繁殖豬，讓種豬配種，讓肉豬成為食物。

中產階級淪為基石，無產者是消耗品，即便是千萬富翁也無法在人類歷史上留下足跡。

在這一點上，人比豬更痛苦，因為種豬不會知道自己繁衍的後代，最後都會成為人口中的食物。人類卻可以認知到自己獲取的一切價值，最終不過是作為他人向上的墊腳石。

階級，在這個逐漸固定的社會，已經成為了人們無法跨越的溝壑。

想要逃脫這種金字塔，除非窮盡家族三代培育一個孩子進行躍升階級的嘗試，期待他一舉成為金字塔頂尖的少數人，或者孤注一擲投胎成天才創造驚人的價值成果，青史留名。

寧蕭在十八歲時，就明白自己做不到兩者中的任何一種，因此他早早就放棄了，甘願成為了他人的墊腳石。

然而，心裡隱隱的不甘，讓他的這種厭惡的觀點清晰地體現在作品中，最終招來了惡魔。惡魔不願改變自己，也無法適應這個社會，因此選擇破壞。

那些無辜者的生命。

就是寧蕭的萬字中潛藏的罪惡。

他們流下的血液。

成了他字裡行間擺脫不掉的陰魂。

寧蕭打開連載頁面，看著數年來累計的作品字數，最後按下左鍵，選擇了刪除。

頁面瞬間清空，字數總計回歸到零。

「喂，寧蕭！」

徐尚羽敲了半天的門，不見人回應，正準備放棄，突然手機響了起來。

「喂。」

他不耐煩地接起電話。

「有話快說，我這邊還沒搞定呢……你說什麼？」他握緊手機，恨不得將聽筒塞進自己耳朵裡，「再說一遍！」

對面的人又急促地重複了一遍。

「什麼時候發生的，剛才？我現在就在他家門口。」

徐尚羽抬頭看向寧蕭家大門。

「這件事你們別管，我來問。」

他放下手機，深吸一口氣。

「寧蕭！」

砰砰砰，他用力地敲著門。

徐尚羽左右看了兩下，後退幾步，幾個蓄力快跑，一腳抬高——

啪！

哐啷！

「啊！痛痛痛——」

寧蕭一打開門，就看到劈著腿跨進自己家門的徐尚羽。

他挑了挑眉。

「柔軟度不錯。」

「你——」

徐尚羽忍著不可說之處的疼痛，半晌，捂著那裡站起身。

寧蕭看他忍痛的可憐樣，莞爾一笑。

「之前的建議我都已經完成了，徐警官還有什麼吩咐？」

「我……我只是建議你停止連載，沒有叫你把所有文章都刪除。」徐尚羽緩了半天才道，「你這樣，即便赫野留下了線索，我們不也找不到了嗎？」

「我沒有。」

「什麼沒有？我們同事剛剛打電話給我緊急彙報，說你把連載網站上的作品都刪掉了，現在已經有讀者在懷疑你是不是要封筆了。」

「沒有全部刪除。」寧蕭把他讓進來，指著打開的電腦說，「不信你看。」

作者專欄名：寧可西風去，不見蕭瑟起

文章總數：1

已發表文章：《我准是在地獄》

一句話介紹：看著這行字的你，犯下了罪案。

徐尚羽看向寧蕭。

「你……」

「這是新文。」

寧蕭點進新文章裡，給他看新文案。

或許我們擁有同樣的想法，關於生命、死亡，以及罪惡。

只是我將它寫成了小說，而你把它釀造成真實的罪案。

犯下罪果的你，寫下罪過的我，誰能獲得最終的結局。

是我將你繩之以法，還是你終結我的性命。

由這一局，開始。

比賽吧，我親愛的讀者。

「來的正好。」

寧蕭坐到電腦桌前，背對著徐尚羽開始打字。

「我之前已經寫好了第一章，現在準備發表，你可以讓你們那邊注意一下匿名回覆者。」

徐尚羽站在電腦桌後，看著寧蕭噠噠噠地敲著鍵盤。

須臾，按下空白鍵，發送——

第一章：無眠之人

「你猜，赫野會怎麼回覆？」寧蕭轉過頭，看著徐尚羽問道。

聞言，徐尚羽緩緩笑了，手掌從跳動有些快速的胸膛放下，但是他還能體會到剛才那一瞬，心臟悸動的感覺。

「如果我是他，絕對不會拒絕來自你的挑戰。」

浮生如夢，為歡幾何。

既然無法改變世界，那麼就創造一個可以改變的世界。

如果在這個世界裡我抓住了你。

那麼在真實的世界裡，你也無法再逃脫了。

赫野。

——番外〈浮生・一〉完

高寶書版集團
gobooks.com.tw

BL028

我準是在地獄02

作　　者　YY的劣跡
繪　　者　mine
編　　輯　林思妤
校　　對　任芸慧
美術編輯　彭裕芳
排　　版　彭立瑋
企　　劃　方慧娟

發 行 人　朱凱蕾
出　　版　英屬維京群島商高寶國際有限公司臺灣分公司
Global Group Holdings, Ltd.
地　　址　臺北市內湖區洲子街88號3樓
網　　址　www.gobooks.com.tw
電　　話　(02) 27992788
電　　郵　readers@gobooks.com.tw（讀者服務部）
pr@gobooks.com.tw（公關諮詢部）
傳　　真　出版部　(02) 27990909　行銷部 (02) 27993088
郵政劃撥　50404557
戶　　名　三日月書版股份有限公司
發　　行　三日月書版股份有限公司/Printed in Taiwan
初版日期　2019年11月

國家圖書館出版品預行編目(CIP)資料

我準是在地獄 / YY的劣跡著.-- 初版. -- 臺北市：高寶國際, 2019.11-
冊；　公分. --

ISBN 978-986-361-746-4(第2冊：平裝)

857.7　　108010401

三日月書版

三日月書版

GOBOOKS & SITAK GROUP ©

GOBOOKS
& SITAK
GROUP©